第七本相簿

The Seventh Album

中學生生命教育小說

蘇善 著

目錄

4
第七本相簿

有巢

1

「別拍啦，趕緊把東西放一放。」符瑪嘴上催促，語氣卻透露放任，她自己也沒有動作，只是杵立著，反正今天一整天唯一的大事已經完成。

就這一樁，搬家。

符浩每回都一樣，興奮得很，像撿到寶似的，張大眼睛，揪出袖子或者拉出上衣下擺，擦呀擦，擦呀擦，想讓手上的玩意兒顯得更加稀罕。

還是舊房子呀！

符浩先在這頭，喀嚓！向光一張，到另一頭，喀嚓！背光一張。

「你嗅嗅，這鐵皮屋，竟然沒有鏽味……」

「媽，先別吵我，影響我的判斷。」符浩繼續抓起相機，沿著牆壁繞了一圈，一邊移步一邊暫停，很專心，立體的屋子壓成扁平，一張張記錄在相機的記憶體裡面，第七個檔案夾，命名「樹梢」。

符浩趕緊走到屋外，因為真正吸引他的，是鐵皮屋旁的空曠。

他又拿起相機，東、南、西、北，上面！有雲，正好一團棉花糖雲停住，彷彿等著符浩幫忙照相，喀嚓！完成初次建檔。

再一張，當成檔案夾的封面，漂亮！

空曠的盡頭倚著一棵樹的頭頂，安靜地看。

2

第二次看房子，立刻入住。

本來符瑪還在猶豫是否接下新工作，但是，認真跟以前比起來，這個工作的條件很棒，供住呢，雖然僅僅鐵皮搭的一間。

符浩不嫌。

「你不喜歡，我就推掉。」符瑪反向試探，她慢慢習慣找孩子商量：「你覺得呢，要推掉，現在還來得及喔……」

符浩假裝皺眉，四處走走看看，其實他心裡清楚得很，決定權不在自己這邊，甚至也不在符瑪身上，況且，這把年紀的人沒什麼選項，是工作挑人，老闆點頭才算。

「我喜歡。」符浩微笑加強符瑪的信心，想把心頭一種奇妙的感覺傳遞給符瑪。

那種感覺，有熟悉的溫暖。

「我真的很喜歡這裡。」符浩重申。

跑到屋外，符浩再次對著天空大聲說話，這一喊，是要告訴符瑪，希望她安心，卻也像對著什麼宣告。

符瑪笑了，卻也有些不明所以，她叨叨自問：「真有那麼喜歡嗎？這間屋子哪裡很棒？怎麼看都小了點吧？」

小？門外兩只皮箱，一大一小，怔怔愣愣，似乎對應了主人的情緒，深怕無處容身，所以連個大氣也不敢喘，靜待命運宣判。

這命運宣判，往往得放空期待，不容胡思亂想，好比符瑪的心境，矛盾，既想安頓又接受流浪。

「我要住下囉！」符浩大聲報告。

符瑪聽罷，整個人精神起來，趕緊跨過門檻，一前一後，將皮箱搬進屋內。

「夠大！夠大！」符浩從屋外搶進，想拉走自己的家當，占個先機，先占先贏。

噗——

無奈小箱子太過激動，笑出一聲，把一肚子的寶貝全爆了出來，符浩見狀，噗哧爆笑，毫不在意自己的笨手笨腳，只當這是慶祝喬遷的喜炮，這一天，有了工作，有了棲身之所，要算是雙喜臨門！

母子倆相視而笑，開始打開行李箱。

3

沒有隔間，通風的那頭有一個小小正方，浴廁兼用；明亮的這頭放了一張單人床墊，符瑪便將行李箱拉到兩者之間，靠床邊。

還有兩大團東西在屋外，分別裝著兩人的睡袋、毛毯和冬天外套，符瑪的那一袋，中間裹著一個電鍋，防它撞壞，符浩的那一團，則是塞進了一組帳篷。

「你睡哪兒？」

符浩斟酌，床墊邊有個窗，光線穿透過來投射一個影子。有人？

符浩一個箭步衝向窗前，急忙打開窗戶探頭瞧看，原來外頭就是那片空曠，正對窗，一棵樹的頭髮蓬蓬亂亂。懂了！符浩把整個頂樓的方位和格局全部拼湊完整。

「你想睡哪邊？」符瑪又問。

就是那兒！符浩頓時做出決定。

猛地轉身，符浩抱起自己那一團東西，快步踏出居室。

「我睡這裡！」一聲音射進屋內，一端是雀躍，另一端是符浩嘻笑的臉龐。

只見符浩側身挨住窗框，歪頭伸進屋內，另一側張開臂膀，手掌延伸拉長，鄭重向符瑪介紹心中首選。

符瑪知道，這孩子又給自己找花樣，希望日子過得開心。

於是，符瑪順著符浩的指尖望過去，有光有蔭，看似紮營的好地點。

「你確定？」符瑪平靜地問。

符浩點頭。

「那麼，隨時歡迎你進來躲雨。」符瑪也順著情境，預想劇情與對白。

符浩又點點頭。

可不！又不是頭一遭露宿，符浩顯得安適，反倒十分期待未來，畢竟空中紮營嘛，還算挺有新鮮感。

4

符瑪已經收拾好，正在環顧四壁，開始構畫，如何給新家添妝。

「最好能夠住上一年半載……」符瑪低聲訴願，說給自己聽。

一邊叨唸一邊蹲身，符瑪從大行李箱搜出壓箱底的玩意兒：紅綠格子布巾和白色蕾絲墊。

「媽！你又要玩家家酒啦！」符浩幾乎是抗議的哀號，並且狠狠地扭動臉上每一條肌肉，誇張表達他的痛苦難以形容。

媽媽的家家酒遊戲，精彩上演！

符浩是唯一受邀的觀眾。

符瑪卻是自得其樂，忽略其他，她斟酌室內的方位，想做一番布畫，不過，所剩空間只有一塊，就在窗下，恰好靠近插座又有充足光源。

「就是這兒。」符瑪先鋪格子布，要讓它不占太多空間的方方正正，對折再對折就行，壓平四邊，把平面滾一滾，符瑪用手掌當燙斗，很快便撫出一片平坦，然後在正中央擺上蕾絲墊。

「嗯……」符瑪滿意得很，回頭做出使用說明：「以後咱們就在這裡吃三餐。」

「喔。」符浩心知肚明，媽媽這話是對一個家的期待，往後，他大概還是得自己料理三餐。

「如果能住上半年，我就去買張書桌和兩張椅子，可以折疊的那種，以後方便帶著走……」符瑪開始想遠。

「放心，不會弄得髒兮兮的。」符浩保證，因為他根本就直接使用地板，吃乾抹淨，連一粒芝麻也不會掉在那些漂亮的「桌布」上面，因為他知道，那是媽媽的珍藏。

每次都這樣，媽媽的安家儀式！符浩心想，怎麼安啊？都是別人的房子嘛！

5

「上班去囉，你自己可以搞定嗎？」符瑪提問，卻不等答案，逕自摸東摸西，準備出門的行裝。

「行！」符浩慣以絕對肯定搪塞所有的叨唸。

「電鍋放旁邊，離插座近點，也安全，你記住，隨時隨地拔掉插頭。」

還嘮叨！符浩皺眉頭。

「老實說，我非常喜歡這裡，下了班，馬上就回到家，也許還能做一頓飯，一起吃晚餐。」

您還是忙別的吧！符浩堆起笑臉。

符瑪的心情真的不錯，每回搬家，她都苦著一張臉，不是抱怨屋況差，就是咒罵租金高。

就這一次，半句抱怨也沒有，甚至還順順當當地打掃舊租處還給房東。

這一回，她高高興興、歡歡喜喜打點，甚至還跟舊窩道別，回頭看了最後一眼，說什麼：感謝你給咱們遮風避雨，後會無期。

符浩偷笑，想這媽媽有時候真是傻氣，給生活添戲劇，好像不那麼過，日子就會少點真實性。話說回來，符浩知道自己也差不多，七個檔案匣，還不是為了記錄生命軌跡，不然就每天無所謂的晃呀盪的，晝來夜去，更像虛擬！

6

虛擬，卻又超現實。

符浩撇下一切，下樓，儘快找一家網咖，回到那個世界，那才叫熟悉。

走出巷子，對街，就有一家，符浩心想，住商混合真不錯，吃的、喝的、用的全在周邊。

不過，符浩多走了幾條街，把「陌生圈」拉大，不讓自己變成「常客面孔」。雖然才搬家，沒半個熟人，但是為了日後著想，私宅還是得離混跡範圍遠一點。

挑了一家順眼的，符浩今天只打算把照片上傳。

踏進去，走深一點，評估店內裝潢和隔間，感覺不錯，符浩想要挑一格最安靜的私密空間。

「本網咖設備最新，可以當旅館，整日不打烊，比你住什麼好特廬、魔特廬都還划算。」迎上來一長串熱情又曖昧的推銷，是門口那個負責把關的。

「瞭解。」符浩自有盤算。

「老闆，打幾折？」一個女聲問道。

符浩轉身，瞧見一團背光的黑影，跟聲音完全不搭。

「便宜！保證便宜！全世界最便宜的網咖就是這裡啦，一個晚上一百五十元，兩人同行，收你們二九九。」

符浩馬上拉開自己，退後幾步，悶著氣講：「我要自己一間。」

「瞭解、瞭解，小倆口吵架，幫你們挑隔壁的兩間。」老闆自以為是的體貼設想，面對兩個不吭聲的年輕人，沒能換得半句感恩。

7

符浩盯住電腦螢幕，耳朵試圖過濾層層電音，找到隔壁的動靜。

看那女孩大包小包的，簡直拎著所有家當，形式不同的提袋和箱子，讓人很容易猜出它們的內裝，硬的裝衣物，小的是化妝箱，一袋凹凸不平的八成是裝了鞋子，還有一捆，從那層防水布推斷，應該就是睡袋，隨時隨地的單人床。

她要睡這兒嗎？只是一處可以躺下的空間。

不好吧？符浩推開小門張望，走道上，雖然沒什麼人走動，畢竟大家都為了「迷網」來的，但是，對於一個女孩來說，睡這兒怎麼成？

不安全！

敲門去！

符浩被一股莫名的衝動推著，覺得這事兒非得講一講。

「抱歉，打擾一下。」符浩彎曲指節，輕輕敲叩隔壁的門，他刻意壓低聲音。

「我必須說，我平常不是這樣，但是我想問妳，要不要跟我回家？」

女孩躲在門後，瞪著，胸前抱著一團毛茸茸，以為自己聽錯話。

「你大頭啊！」女孩動了動嘴唇，身後的螢幕白光搶了她眼裡的睥睨顏色，她的語氣鎮定，只當是碰到無聊少男。

誰跟你回家！

「我真是有點大頭，」符浩摸摸頭，還用手掌繞了一圈，那個弧度證實了頭的直徑必須花上三秒鐘。

「不過我是好意喔，妳一個人在這種地方過夜不安全，還要花錢，不如趁早跟我走，去睡我家。」

「你是什麼騙子集團吧，專門拐騙少女，別以為我來這種地方就是好騙，我見過世面的。」女孩語氣老成的應答。

「很好，」符浩也回復一貫的冷靜，「所以妳應該可以看得出來，我不是什麼壞人，我就是覺得妳不應該在這種地方過夜。」

8

「喂，你帶我來這種——」女孩加重語氣，上下打量眼前的建築。

一幢矮公寓，屋齡很多很多年，一支直通半天的鐵梯，一座敞開半個世界的花園。

符浩沒說話，鐙、鐙、鐙，踩上階梯，逕自朝向高處，專心地走在前端，帶領。

「喂，別晃！別晃！」女孩揪著自己的大包小包，氣喘吁吁，卻沒有央求幫忙，男孩走在前面，整個人的重量壓得鐵梯有些搖晃，懸空的階梯，真像要爬上天去。

女孩腦中不禁浮起童話一則，這個「傑克」該不會是要帶她去給巨人當晚餐？

跟著男孩的步伐，女孩努力保持平衡，那些階梯好像踩也踩不完似的，歇個喘，回頭看，之前從地面看，這建築並不顯得覺得巨高，此際在中途反向回頭望去，地面好似遙遠的山谷，這時候已經不上不下，想逃也來不及啦，女孩只好自我安慰，揣想巨人也許不愛品嘗發抖的餐點，一個全身瘦骨嶙峋的女孩？肯定很礙「嘴」吧！

「哪！今晚妳就在這兒過夜。」

「咦？」女孩睜大眼睛，連同嘴巴的驚訝一起表達。

探頭打量屋內，沒有半張床，只有一片空空蕩蕩的地板，還有一塊勉強可以躺臥的墊子。

然後，女孩循著屋子外圍繞了一圈，第二圈再沿著建築邊緣矮牆走走看看，總算瞭解身處頂樓，有一間鐵皮屋占據一半，另一半是空曠的樓頂地板，只瞧見一棵大樹站在半暗的黑幕之前，好像正在偷偷打量來者何人。

頂樓外面有綿延的燈火漸漸打亮。

「這是你家？」

符浩點點頭又搖搖頭，自顧自地走進鐵皮屋。

「嘿！」女孩呆立，發出抗議之聲，只見男孩又走了出來，懷中抱著一捆東西。

「我要搭帳篷。」

「帳篷？」女孩跟著複述，心裡開始整理這整件事情的荒謬，陌生人？屋頂？帳篷？

女孩搖搖頭，不知道自己幹嘛答應這個怪男生，把自己丟進一個不合理的情境，給自己的一天亂編尾聲，偏偏自己還不知道這個結尾如何收場。

才三兩下，男孩就把帳篷搞定，他爬進帳內整理一番，最後拍拍手掌，鄭重宣布：「妳就睡裡面吧。」

「我？」女孩懷疑，怎麼？帳篷只有一頂？

「我不會跟妳擠，」男孩禮貌性發言：「放心，我也不會對妳怎樣，我有睡袋，我睡外面。」

真的假的？這整件事簡直就是卡通！沒有真實感，對白還做作得很，叫人渾身雞皮疙瘩爆得嗶嗶、剝剝響。

9

「謝謝你的好意啦！我睡帳篷。」

女孩不客氣便將自己的大件小項搬進帳篷，窸窸窣窣一陣之後，又鑽出帳篷。

「所以，這就是你家。」女孩想要表露神情自然，便在帳篷前面走過來又走過去，同時四肢伸展。

「對！」符浩坦承相告：「今天剛搬來。」

喔，這可奇了！自己也還不熟悉呢，竟然就把窩讓給別人，女孩對著自己嘖了一聲：「怪人！」

「其實……」符浩忽然吞吞吐吐：「是我自己想找伴。」

「咦？」

「我自己也覺得莫名其妙，應該早就習慣孤單了，可是這一次，媽媽離得最近的一次，我卻很怕獨處，一個人在這裡……」

怎麼說呢？樹梢，讓人覺得萬事不穩當？

「我倒覺得挺好！」女孩竟然扮起心理醫生，「這兒空氣好，沒有煙味，這兒安靜，沒有凶暴的咒罵，也沒有奇怪的嗯嗯、啊啊，說到安全嘛，這棟建築看起來有些老舊，小偷大概不會上門。」

「也許吧，」符浩摸摸腦勺說道：「對唷，這些本來是我應該跟妳講的，怎麼換妳來……」

符浩又搔搔頭，偏著頭掩飾羞慚：「妳要睡了嗎？我就不吵妳了……」

「可以先洗個澡嗎？」

點點頭，符浩給女孩指引方向。

女孩鑽進帳篷拿了些個人物件，隨即進入進屋內，不久便聽見水聲嘩啦、嘩啦，不消片刻，女孩換上一身清新微香以及一套輕鬆的短褲和運動背心。

10

「怎麼？你不洗？」女孩質問，一副才是主人的架勢。

符浩有些懶，還沒摸慣陌生的地方，特別是浴廁，「方便」的方位大不相同，這「方便」就變得「不方便」。

「我呢，只要有機會就洗，不然下一回不知道間隔多久，有時候為了省錢，有時候為了省時間，有時候根本不想，總之，眼前也沒事嘛，就算是殺殺時間囉！」

被女孩這麼一說，符浩的執拗顯得幼稚，當然就更不好明講自己的「方便」習性，只好硬著頭皮去使用陌生的「設備」。

沒有蓮蓬頭，沒有浴缸，只有一個不鏽鋼臉盆，旁邊一個馬桶，就這麼簡單，是設置上的「方便」，壓根兒沒有考慮使用起來是否順暢。

水杯舀水，而一個臉盆的用量似乎在限制你的痛快慾望，左一淋、右一潑，頭髮濕一半，體毛總有幾根閃過水花邊緣，想要轉身，怕手太長，如果要彎腰，腦袋還沒縫可鑽，在那個狹窄的空間裡，符浩覺得自己就是巨人，綁手綁腳的笨拙，甚至連思緒也變得遲緩。

11

「只有你一個人？不會吧？」

怪咧，符浩心裡嘟噥，被女孩這麼一問，怎麼好像我才是外面的流浪漢！

「當然不是，」符浩回答：「我媽還沒下班。」

「喔。」

氣氛有些僵，女孩索性拉大彼此的距離，靠往前方的女兒牆。俯瞰下方，隱約有一盞黃燈描摹無人的庭院。

「哪！」符浩忽然指引：「她就在下面上班。」

難怪，女孩揣想，難怪這個媽媽能放心工作。

「還是怪……」女孩把上身掛在牆上，想要打探更多一些什麼。

「喂！危險！」符浩出聲喝止，趕緊拉住女孩手臂，暗地裡驚嚇不已，心臟幾乎要跳出胸腔。

女孩依舊掛在矮牆，沒有站直的打算，倒是回頭瞥了瞥，心裡感覺奇怪，這個陌生男孩怎麼這麼關心她。

「下來！拜託！」男孩的嗓音變得奇怪，近乎嘶吼以及命令，還有一點點絕望。

女孩察覺詭異，慢慢扶身站正，卻瞧見男孩蜷縮身軀，蹲在一旁。

「你怎麼啦？」

肚子痛嗎？女孩猜測，前一秒鐘不是還好端端的？

「千萬別跳啊……」男孩哀求。

「幹嘛！我神經病啊！我只是想看清楚，你媽是在什麼樣的地方上班，這時候還不回家，是什麼重要的工作嗎？」

女孩說個沒完，既是抱怨也是好奇，還怪自己莫名其妙地跟到這裡，又碰到奇怪的少年，還有一個神祕的媽媽，以及一幢怪異的公寓。

吼！氣死了！女孩跺腳，悶聲不吭，衝回帳篷。

她氣呼呼躺下，完全不想搭理這些解不開的謎團。

睡覺啦！女孩閉上眼睛。

12

「你怎麼睡外面？」

女孩隱約聽到一聲詢問。

「外面涼快。」是男孩回應。

「有吃飯吧？」

「當然有，去便利商店買的，可以幫忙加熱，我看電鍋可以賣掉了。」男孩語氣酸澀。

「別這麼說，挖苦我唷。」哼笑中帶些無奈，接著又說：「過兩天我們去吃大餐吧！」

「真的！」男孩也跟著愉快起來，於是趕緊約定：「好耶！不能反悔喔！」

「當然。」

「要吃什麼呢……」男孩開始計畫。

「這是明天的零用錢，省著用，別亂吃就對了。」

叮嚀！女孩聽見那種怎麼也甩不掉的「語重心長」，這種「媽媽專用」的叮嚀換成誰說都是一樣，而且，任何時刻聽來都叫人心煩！

女孩嘴巴囁嚅呼嚕，弄出聲響。

「誰？誰在裡面？」

「沒人，我撿到一隻流浪貓。」男孩遮掩得不慌不忙。

「不要啦……我又得花錢養……」聲音透露百般為難。

「知道！知道！」男孩漸漸升起怨懟，卻又勉強答應：「明天就把牠趕走。」

「別這樣拗脾氣……我們說好的……」

「好！好！」男孩想要打發繼續的教訓：「我想睡啦！」

「冷了，記得鑽回帳篷。」

沒有聲音。

這個下半夜似乎忘了運轉，露珠悄悄凝結母子對話裡的所有抱怨。

13

露珠掛在葉脈，即將被陽光收乾。

女孩鑽出帳篷，靜悄悄走向女兒牆，彎身掛腰，又想越過女兒牆往下探查。

可惜一棵大樹，擱遮大部分，總之，底下有座園子是錯不了，而且一大早就有了活動的聲響，幾個身影鑽動其中。

「拜託……」男孩也醒了，方才甦醒的身體忽又變得僵直。

「求求妳，妳離開牆邊行不行！」

女孩悻悻然，照辦。

「我媽……我媽有沒有發現妳？」男孩揉揉睡眼，突然想起什麼嚴重事情。

「要發現早就發現了，」女孩取笑：「你現在才擔心，會不會太晚了？」

「如果妳睡覺不會鬼吼鬼叫的，就不會有人發現。」

「啊？我有做夢嗎？我有說夢話嗎？」

「天曉得。」符浩連自己都睡昏了，其實什麼動靜也沒聽見。該不會只有媽媽一個人聽見了吧？不會的，她下班之後往往累癱了，況且還得早早出門……

符浩趕緊跑進屋內，朝那桌上（其實是地上）搜尋鈔票，兩張，直挺挺躺在白色蕾絲墊上，這一幕就像在跟前耳提面命一樣，錢，飯，拿錢去買東西吃，別讓肚子餓著。

男孩如常解讀蛛絲馬跡，也就是說，媽媽已經出門。

「哈！」符浩鬆了口氣，慶幸帳篷裡的「流浪貓」沒被發現，又隱約有些惆悵，總是一個人，那滋味已經發酸，一直噁在喉間，不曉得哪個時候會嘔出一肚子痛腸。

「喂！」女孩子喊了一聲：「快來，我肚子餓痛了。」

14

餓了，就要填肚子。

符浩火速跑去巷口買回兩份早餐，一份蛋餅，一份饅頭夾蛋，份量多的打算給自己，可是他客氣讓給女孩先選，女孩竟然打亂他的設想，他只能眼睜睜盯著自己想要的那一份被一口、一口啃光光。

「你不吃啊？」

「喔，我要慢慢品嘗……」符浩猛然想到：該不會連蛋餅也會被搶走？念頭一轉，他趕緊咬下第一口，讓口水宣示所有權。

「豆漿太甜。」

哼，嫌太甜，妳還不是照樣三兩口就吸光光！

哼！符浩再次感受威脅，揪起吸管，猛地戳進封口杯，大口咕嚕，豆漿瞬間被喝掉一大半，呼！他吞下口中沒被沖掉的那口蛋餅渣，總算放心又咬下另一口，這才開始享受他的早餐。

女孩什麼也沒察覺，吃飽了就往帳篷裡鑽，然後拿出一把木梳子，坐在帳篷口，一耙一刷地梳理頭髮。

15

「你幹嘛帶我回家？」

符浩吸光最後一口豆漿，他得好好想想這個問題。

不知道怎麼回答耶！所以，他告訴自己：暫時離開一下比較好。

於是，他走進屋內，開始刷牙。

「要跟她老實說嗎？」符浩詢問鏡子裡的自己，一臉睡眼惺忪，看不清眸子底的真正盤算，都怪那鏡子裡的水銀幾乎掉光，又霧又髒的鏡面簡直在幫倒忙，本來睡醒的腦袋已經澄清昨夜的怪異舉動，這會兒，混濁的水銀又模糊了自己的意向。

又不認識她。

「喂！你幹嘛帶我來呀？」

符浩一臉嚴肅，心中還在猶豫，應該說簡易版？標準版？還是完整版？

或者，隨便搪塞一下。

就說好像撿到一隻「流浪貓」的心境。

不成！這種說法，太傷！如果是妹妹聽到，肯定就會捶打他，然後罵他：歧視女性，歧視貓，女性有自主權，而貓有動物權！

符浩笑了笑，原來對妹妹的印象依然深刻……

於是，想像面對妹妹義正辭嚴的逼問，符浩在心裡反駁：我是看她機伶又超級堅強。

可是……

符浩立刻壓抑樂觀，妹妹不也是非常機伶又堅強，他甚至比我還勇敢的，誰知道，她會去……

符浩失了神，走出浴室，走出屋子，然後在空曠處打轉。

「嘿，」女孩叫喚：「你在這種地方健走啊？要運動，幹嘛不找公園？」

猛然醒過來，符浩嘟著嘴：「誰有那種鬼福氣去運動！」

「幹嘛啊！一副要哭的可憐相！」女孩取笑，不過卻是一臉正經地想要聽聽他的解釋，看看會不會從中聽出邪念。

「快說，你幹嘛帶我回家？」

「我把妳當成我妹妹了……」

「喂，想說謊也得編得高明一點！」

「真的，我真的害怕妳變成我妹妹那樣……所以……」

16

哎喲！女孩心裡驚嘆，這可又要講一長串故事啦，「妹妹」？我現在沒有興趣聽，一大早，幹嘛這麼掃興！

「好啦好啦，感謝你這麼熱心，我等一下就離開，省得你媽找你麻煩。」女孩火速斬斷後續可能的糾纏。

「而且……我真的好孤單……」男孩突然抱頭蹲在地上，肩膀上像被掛著什麼重量，可能下一瞬間就要被壓垮。

慘了！慘了！女孩心裡咒罵，怎麼辦？我哪有力氣救他？我怎麼又惹上這種麻煩，就是不想理這些鳥情緒，才出來透氣幾天。

「去網咖，怎麼樣？現在就去！」

「不要！」符浩大吼。

「你發神經啊你！」

「就是妳亂跑，媽媽才怪我，我罵妳，結果妳就……妳就……」又是一陣號啕。

唉，沒輒了，女孩知道這會兒自己真的走不成了，放他一個人，就怕有壞事發生。

「好啦，好啦，我暫且留下吧，看在你妹妹份上。」女孩小聲嘟噥。

17

一大早耶！會不會太烏煙瘴氣啦！

女孩臉垮垮的，坐在帳篷口，脹了一肚子氣，無處發洩，於是又拿起她的木梳子，耙呀刷的，心裡默默打量：這傢伙，該不會是腦袋有問題吧？碰上這種怪人，可真是超級大麻煩，竟然還得充當心理醫生。

「哈！真是反了！」女孩竊笑，以往自己都是被「輔導」的對象呢。

「妳叫啥？」符浩總算恢復平靜，開始也想知道一些對方的背景。

又來了！女孩嘴角抽動一下，好像設定自動執行的程式，這詢問的指令一旦下達，立刻擺出臭臉應付慣常的身家調查。

「山芋。」

「符浩。」男孩指著自己的臉。

「我是『山芋』，燙手的！」

「喔……」男孩發現諧音，隨即雀躍說道：「那麼，我應該是『問號』喔！」

女孩跟著嗤笑一聲，開玩笑啦！哪有人叫「山芋」的？沒有父母親會給小孩取這種名字的啦？這傢伙果然傻著一顆好看的腦袋瓜。

「我媽說，我出生的時候，嘟著嘴，皺著眉，一臉懷疑，小小年紀喜歡問東問西。不過，現在，腦袋沒問題，什麼問題都沒了……」

「喔，原來有故事的啊！」

故事……

女孩省略自己的解釋，心裡卻不禁迴響著一貫的嘲諷：我的「山芋」沒啥道哩，就是燙手山芋，是專門要讓社工傷腦筋。

「好吧，什麼符號都好……」女孩吞嚥口水，接受這份隨緣，但是有些嚴肅的話題不能不挑明：「你隨便帶個人回家，這可就太魯莽囉……」

沒有反應。

女孩鬆了一口氣，揣想應該可以開個玩笑：「總之，山芋等於符號，嗯，故事有限，可以佈下懸疑。」

「來一小段提示吧。」

「我的故事很簡單，就是『山芋』囉。」

「沒誠意，我都說真的。」符浩想起和妹妹的「掰小說」遊戲，你一言我一語，驚嘆詞也可以，就是不許沈默，如此一來，再久的時間，都會被濃縮在對話裡，等待的煎熬不被感覺，再多的寂寞都可以被填補過去。

可是符浩又想，「說真的」比較難，難怪有人習慣說謊。

所以，女孩不想說真的？

符浩無法勉強。

18

太陽出來了，女孩眼睛一亮，找個什麼來強迫話題轉移。

「啾——啾——」

鳥叫。

彷彿回應了女孩的心意，空氣之中，有個微弱的聲音提醒了另一個世界的動靜。

「你聽，鳥在唱歌。」女孩開心，甩了方才的積悶，快步撲向樹蔭。

「喂！小心！」符浩提心吊膽坐在原處，只是瞪大眼睛。

女孩小心翼翼，伸長手臂，左攀右抓，然後抬高雙腳，左踩右踏，她已經鑽進樹枝之間。

「快——來看！」女孩壓抑興奮的情緒，故意裝出啞嗓。

一個鳥巢。

兩隻雛鳥。

「快來看哪！」女孩又探回頭，滿臉驚喜，招呼同伴。

「真的。」符浩只在兩三步距離之外，扭腰折身，歪頭斜眼，用目光探進茂密縫隙，果然發現一個看似破破爛爛的袋子，袋口翹著兩支尖銳的長刺。

「鳥媽媽回來了！」女孩急忙退出樹蔭，回到樓頂，挨著男孩，揪著男孩的手臂，用手指指點點，有如偷窺一般，既期待又害怕被發現。

兩支長刺伸得更長，而且岔開。

原來是兩副鳥嘴，仰首張開，等著食物塞進嘴來。

鳥媽媽振翅，停留空中，喉頸間有一凸起，長喙插入雛鳥的嘴，反芻兩三秒，隨即抽離鳌米之外，努力鼓動羽翼，懸提身體，再把嘴裡剩餘的塞給另一隻等待飽腹的幼雛。

19

「別擠啊！」女孩說。

「是妳擠過來的。」

「我是說，小鳥兒，別擠、別急，媽媽一定會記得餵你。」女孩解釋。

「妳幹嘛跟我擠在一起看，感覺很黏耶！」符浩才說完，一種奇異的熟悉感覺乍閃即過，好像早就經歷這樣的場景，他搖搖頭，想從記憶庫裡搜尋前後串連的印象。

什麼也沒有。

符浩呆愣半秒，彷彿聽見妹妹的聲音在耳邊迴繞：「我是說，小鳥兒，擠在一起，真有趣。」

女孩全神貫注，看著鳥媽媽努力鼓動翅膀的模樣，細聲又吸了一句：「小鳥兒，真羨慕你，有媽媽照顧你。」

「是啊，我們的媽媽也像鳥媽媽一樣，拼命工作，給我們買吃的、買喝的。」符浩對妹妹說。

「我沒有媽媽！我不要媽媽！」女孩甩開自己，也甩開男孩，跑進帳篷。

20

帳篷內，女孩躺平了，沒有力氣抵抗任何記憶，儘管已經鎖得很牢、很緊，碰上那一組密碼，往事總是輕易解碼，並且自動播放。

媽媽。

女孩有很多媽媽，她們都還算不錯，可是，她最想念的那個，卻一直沒有出現。

女孩此刻完全不想阻止淚水潰堤，她只是睜大眼睛，不讓自己掉入黑暗的漩渦，因為她知道自己好喜歡陽光，以及那種被陽光擁抱的溫暖，這麼一來，她再也不需要任何人的擁抱，以及那種可以放心依賴的親密。

即便是哭，也可以哭得毫不掩飾。

女孩察覺自己的情緒竟然可以自由舒放，這一場氣急飆淚，讓她整個人像被掏空一般，以前藏的、匿的情緒全被清除乾淨，因此，她更加瞭解自己以及自己的處境。

然而，從來不曾這樣，在以前那些媽媽的面前，她從未哭訴種種遭遇，甚至發脾氣，她總是能拿捏恰到好處，壞到讓寄養媽媽搖頭放棄，好到讓社工阿姨邊打電話邊傷心地說：「天地之大，怎不給這孩子騰出一處，容身的地方！」

如此一來，女孩又會有另一個新媽媽，離「家」，返「家」，只不過家家不同。

日子漫漫，女孩自比「山芋」，漸漸學會隨遇而安。

然而此刻，她在帳篷裡哭個什麼勁！

哈！女孩撈起短衫下擺，從額頭到下巴抹乾所有淚痕與沉溺，何必傷心！女孩想，大人的決定，有時候也不夠聰明，所以小孩子幹嘛反而要求自己要勇敢？要照顧自己，甚至還要照顧另外一個大人？

「哼！我真是發神經啊！」女孩自嘲，兩手兩腳重重一攤，一個「大」字說明她的豁達心情：世界啊，我想要跟你一起旅行。

帳篷外，男孩也回過神來，朝陽打亮場景，頂樓、鐵皮屋、樹梢、帳篷、女孩、鳥巢、媽媽。

男孩猜想，媽媽此刻一定很忙，所以，他必須照顧妹妹。

可是現在，妹妹悶在帳篷裡，不跟他說話，當哥哥的，怎麼辦？

彩虹樂園

21

「麻煩妳先簽工作契約。」

護理站內，護士小姐遞出一份文件。

符瑪接過那一疊紙張，不重，可是上面密密麻麻的，印著文字，一片黑的，夾雜幾行紅色粗體，還劃線！

符瑪知道自己應該認真閱讀，但是，對於這個地方的好奇遠遠大於那一疊契約的厚度，因此，不自覺便有些漫不經心，她將文件拿遠，瞇起眼，草率地翻翻、看看，其實利用眼睛餘光留意前方動靜。

一串字，叭啦叭啦，叭啦叭啦，點、點、點。

符瑪覺得不耐煩，心裡抱怨：又不是什麼了不起的工作，這裡又不是國王的城堡，哪裡需要搞得這麼神秘又複雜。

保密條款？

還有保密條款？這兒是什麼地下工作站？難不成當間諜來著？

符瑪忍不住噗哧一笑，笑自己高估自己的身分。

最後一張才是重點，符瑪告誡自己：妳可得好好地、仔細地看個清楚。

符瑪緩緩拉出胸前口袋裡的老花眼鏡，掛上耳朵，她一個字一個字默唸，同時謹記在心。

不得談論工作內容。

不得過問處置措施。

不得攜帶任何物品離開。

不得協助任何病人離開。

簽下自己的姓名，符瑪抬起頭，摘下眼鏡，將文件回遞給護士小姐。

「麻煩妳坐那兒，等一下。」

順著護士小姐所指之處，符瑪後退幾步，發現入口門邊，有一個會客區，小茶几圍著一組沙發椅。

符瑪沒有立即就坐，倒是走向另一邊的寬敞，逕自打量這未來的工作場所，目光所及之處，沒什麼不尋常景象。

很好，符瑪露出滿足的笑容，她告訴自己：提供住處，就在頂樓，薪水也不錯，足夠養活兩個人，這就夠了。

「需要什麼嗎？」護士發現符瑪的好奇。

「沒——沒事！」

「麻煩妳稍坐，」護士小姐加重語氣，似乎暗示不要隨意走動，「園長很快就會親自過來交代工作事項。」

喔，符瑪點點頭，園長親自過來啊！

我有那麼重要嗎？符瑪笑了笑。

22

這地方，大門邊的矮柱掛著一塊不起眼的小小木牌，老舊破爛，訴說時光已經迴轉了無數個春夏秋冬，上頭鏤刻的文字，筆觸斑駁，同樣顯示風霜啃噬歲月，然而上頭卻描寫著一個充滿想像的命名：「彩虹樂園」。

彩虹？

樂園？

在巷弄裡？

符瑪笑了笑，這年頭的廣告真是鬼扯淡。

符瑪沒敢走動，只是透過門窗朝外打量，加上第一次來應徵時的模糊印象，她以為這地方只是一座普通的老人安養院，旁邊有個小花園，四層樓，頂樓外接一支通天梯，通往樓頂，一間鐵皮屋，就是供住的地方。

符瑪又笑了笑，第一次遇見工作條件這麼棒！

「歡迎。」裡頭走廊出現一個善良的白袍醫生。

怎麼就知道他善良呢？符瑪自詡地認定：「慈眉善目」，只要把眉目湊在一起端詳，「眉目傳情」，一整個人的心胸和氣度似乎就能自動報上測量數字，好像一座人體的蓄水庫，裡頭儲存的水源是澄淨的還是混濁的，一開口就能聞出來。

符瑪很滿意自己的觀人術，此際又得到印證！

「歡迎妳加入這個工作團隊。」醫生微笑、點頭、伸手，然後介紹自己：「我是郝新醫生。」

啊——果然是「好」醫生！

握著一個厚實的手掌，符瑪感覺那份陌生的親切與溫暖，並且回報以讚佩的欣羨。

「我們雖然就像一般的安養院，但是乾淨、整潔，老人不多，而且有『專業』的醫療照顧，所以妳的工作應該不會太勞累。」

專業！符瑪聽得出這兩字被特別強調出來。

「不怕，我不怕累……」符瑪趕緊表態，感覺自己握住一次最棒的機會，老闆竟然親自接見！

「跟著護士的指令做就對了。」

「好！好！」符瑪連聲回應，慶幸加上雀躍，這工作條件啊，環境好，人和善，薪水優，工作內容聽似簡單，啊，熬得夠久，人生也會見光！

符瑪臉上洋溢滿足，神情飄飄然，暗自覺得自己上輩子一定燒了好香。

23

工作內容確實很簡單，就是照顧七個老人家的飲食起居。

朝陽遍灑金光，花園是最棒的去處。

所有老人已經用過早餐，符瑪的工作就從這此時、此刻、此地接上，陪伴老人漫步早上的悠閒。

符瑪想趁機認識所有老人，順便也讓自己身體活動、活動，所以她計畫慢慢散步穿梭其間，先打招呼，再問稱喚。

「您好，我是新來的『符瑪』，請您多多指教……」

「您好，這兒環境不錯，您昨晚睡得舒適吧……」

「您好，我是『符瑪』，有什麼需要，您儘管吩咐……」

「您好，今天早上陽光很溫暖，有益身體健康……」

然而，一路問候，沒有絲毫回應，符瑪像個唱獨角的演員，這邊轉過去，那邊轉過來，僅僅聽到她一個人嘴巴開開合合，沒引起半句應答。

這是怎麼了？

難道這些老人都生病了？

符瑪想不透，只好把自己的位置拉遠，一個人退到花園邊角的長凳上。

怪了！

這些老人看來精神挺好的呀！

老人們慢條斯理的走，不碰觸彼此，不互相交談，面容和善，但是看不出特別親切，也不像一般老人，喜歡一坐就是好半天，眼前這些老先生、老太太就是這麼步履平穩，把花園走完一圈又走完一圈。

像是……像是上了發條的機器人！

24

懂了！

符瑪立刻用自己的邏輯解讀狀況：七個老人，身上穿著布袋般的長袍恰如彩虹，七個顏色，晃過來，走過去，看久了，真叫人眼花撩亂。

所以，就用彩虹標記了。

噹！

「吃點心。」護士過來提醒。

七個老人圍攏過去，從護士手中的托盤拿取自己的那一份兒。

果然是用顏色區分！符瑪得意地想著、盯著。

內容不同。

問題是：點心吃藥丸？

老人毫無抱怨，一切次序井然，似乎這是經過許久養成的習慣。

符瑪趕緊起身，迅速從邊角趕到老人周邊，想要幫忙或者伺候某個老人的不方便。

不料老人們幾乎一個勁兒便吃了「點心」，僅僅稍微仰頭，咕嚕！藥錠就被一把塞進口中，嚼了嚼，然後順著口水吞下，完全沒有吞嚥的心理障礙或者生理困難。

這些老人應該相當健朗，行動自如，不要人扶，不需人攙，吃東西，不必人餵。

符瑪不禁自問：那麼，我來幹嘛？

25

紅爺爺不見了。

符瑪不過才恍神幾秒鐘，七個少一人。

這真是要命的疏失，對於才上班的人來說，顏面無光！符瑪責怪自己怠忽職守，竟然讓一個老人無聲無息在自己眼前失蹤，何況這花園裡根本沒有任何機關，只有一個小小花棚，看似溫室，可是不夠寬敞，或許只能容納一個人？

奇怪的是，其他老人似乎習以為常，園方也沒有警鈴大響，更沒有陷入慌亂，只有符瑪一個外來人，因為陌生而緊張，因為不明就裡，無法採取任何行動。

老人依舊緩緩走動。

橙奶奶離開步道，慢慢地，原來她的目標是小花棚。

果然是那個小花棚藏有蹊蹺！

再用眼睛巡視花園一番，的確只剩那個小花棚的嫌疑最重。

這一來，符瑪稍稍可以放心，因為，下一秒鐘，紅爺爺再度出現在小花棚前面，這默契甚至不需要目光交換，接著，橙奶奶便進入其中。

原來如此。

也就是說，接下來老人會輪流消失，一進一出，輪流「使用」那個花棚。

「進去裡面做什麼啊？」符瑪趕緊挨到紅爺爺身旁打探。

紅爺爺起初不願回應，停頓半天，似乎在考慮要不要講，或者該說多少。

「裡面有什麼特別的嗎？」符瑪再問。

紅爺爺用陶醉的眼神和語氣像是唱出一聲讚美：「芬多精。」

符瑪聽符浩那孩子提過，說那是森林的呼吸，吸入厭氣，呼出活力，人在其中，就會能呼出厭氣，吸入活力，還說他上回跟爸爸去露營的時候，清清楚楚聽見每棵樹的鼻息。

唉！符瑪嘆了口氣，她知道，符浩在傳達一個訊息：他很想再去露營，可是，她一直找不出時間，只好先買個帳篷，表示媽媽的承諾絕對依約履行，改天一定帶他去森林享受芬多精。

可是，在這裡？有芬多精？

一個小花園能有多少芬多精？

符瑪回過神來，打量這座小花園，小巧宜人，一塊一塊的拼出色彩繽紛，花、菜、果各具姿態，定眼瞧、拉遠望，同樣怡情養性，對於七個老人來說，地方夠大，你來我往，不定向走動，怎麼走都不會撞到別人，但是，也沒大到足以產生芬多精！

「吸個十分鐘，黑髮多十根。」紅爺爺竟然像分享小秘密那般開心。

「真的？」

「當然！」紅爺爺撥開自己的頭髮，「妳瞧，真是這樣！郝新醫生還說，可以消除疲勞、刺激自律神經、安定情緒。」

「是喔……」符瑪有些懷疑，也許啦，老人們面容平靜，絲毫不見頹喪或者忿戾，也許芬多精確實產生作用，可是，這些老人也太「鎮定」了吧？連個聊天都提不起勁兒嗎？

26

好吧，符瑪早聽過芬多精的厲害了。

連符浩那孩子都說，本來很氣爸爸離家的，整個身體布滿憤怒，所有腦細胞鼓動憎怨，幾乎就要爆炸似的，可是一進入森林，芬多精施展魔力，剎那間，全身雞皮疙瘩凸起、翕動，由內而外清出一堆淤積，好像清洗水塔那樣，髒水放掉，淨水注入。

然後，他看到爸爸還是以前的爸爸，只要父子倆把露營當做共同的興趣，那就是感情的聯繫。所以，那一次，他答應爸爸的邀約，也度過最開心的森林之行。

有這回事嗎？符瑪不太記得了，上次讓符浩去見他爸，大概什麼時候呢？芬多精的魔力，當真那麼神奇？

符瑪心想，也許她自己也需要一些芬多精，讓腦袋清楚一點。

或者，忘記一些傷心。

譬如像這些老人，起碼他們看起來非常平靜。

七個老人再度悠閒漫步，花園又出現動態彩虹。

符瑪也起身隨意走動，不再刻意招呼，只是順應現況，各走各的，儘管這些老人並不十分需要協助，想領薪水就不能偷懶，因此，符瑪告訴自己，基於職責，她得留意周遭，再說，人生地不熟，提高警覺也是必要。

「幫我。」一個微細的聲音像蜜蜂嗡嗡嗚哼。

沒有蜜蜂！

符瑪迅速環顧花園，沒有任何飛動的昆蟲！

27

符瑪轉動眼珠，搜尋，沒敢訴諸肢體動作，她不敢馬上轉頭、轉身或者出聲，保持緩步慢行，豎起耳朵，搜尋可能的發聲來源。

「幫我。」似蜜蜂嗡嗡。

紫奶奶從後頭超越，步履節奏不變。

再走一圈看看，必須確定。

於是，符瑪乍看又隨意晃了一圈，實則綳緊神經，動員每一個細胞接收身旁拂過的每一縷空氣流動。

「幫我。」信息再次表達。

又是紫奶奶，確定是她。

符瑪心頭振奮，總算來點精神，否則這麼走呀晃的，雖說就此消磨一個早上，相當輕鬆，但是第一個白天上工，沒有半點動力或者刺激，多少乏味了一些，再想到往後日復一日，豈會帶勁？

「摘菜囉！」護士不知何時已經走到符瑪身後。

一疊小竹簍被捧在護士懷裡，她一邊走動一邊將小簍子分發出去，也沒有指定什麼，只是任由老人們自行決定。

「摘什麼？」符瑪倒是替大夥兒發問。

「隨便，能採就摘。」

28

「我來幫忙。」

符瑪手上沒有竹簍，於是假裝任意幫忙，其實找機會靠近目標，想要確認訊息所為何來。

「黃爺爺，您力道大！三兩下就把這棵大頭菜折下來。」

「綠奶奶，您眼光好！挑選這株蔥，及時又搶收，過了今日，明天它就迸花，讓人眉兒揪不開。」

「紫奶奶，您摘的豌豆莢不胖不瘦，厲害！我一定得來跟著您貼身見習，看能不能磨練自己的功夫？」

沒有回應。

於是符瑪蹲下身，在豆梗之間摩摩挲挲，趁勢偏頭找尋紫奶奶的目光，想要進一步獲得訊號。

皺眉，唇開，一、二、三，三個嘴形。

三個嘴形，三個字！跟我來？

符瑪立即起身，退後，踉蹌，誇張地叫了一聲驚恐：「有蟲！」

下一秒，紫奶奶轉身，走開。

一陣乍似混亂的移動，符瑪找到機會拉住紫奶奶的手臂，感覺到一股拉引，符瑪半擁半推，跟著紫奶奶最早進入屋內，兩人挨擠在門板後面，紫奶奶先瞟向護理站，沒人，隨即眼巴巴瞪著符瑪，瞬間露出驚恐的眼神，淚水幾乎就要滾落下來。

「幫幫我，我要離開這裡。」

怎麼回事？

符瑪毫無頭緒，初來乍到，人生地不熟，沒有任何人事物的資料背景足以支持她做出任何判斷，更別說這個重大的決定，然而，眼前老人的情緒看起來並非假裝。

29

老人已經魚貫進入，護士小姐走出護理站，一面接過竹簍一面將不同蔬菜整理集中，動作顯得草率，甚至露出不耐表情，最後將所有竹簍捧在胸前疊高，再一股腦兒全塞給符瑪。

「麻煩妳拿到後面的廚房，有人會教妳如何處理。」

符瑪放眼望去，一條明亮、簡單的走道，一邊就是護理站，只有櫃檯區分內外，對面有一間大房，靠走廊的這一側是一整片牆，玻璃牆，裡頭也有充足的照明，因此每一張床鋪都能被看見。

乍看，沒有特別吸引目光之處，大抵就是一排床位，不難想像，應該就是老人們的臥鋪，以及起居空間。

完全沒有隱私啊？符瑪替老人們覺得尷尬。

「請回房。」護士不帶情緒傳達指令。

就在符瑪呆立旁觀之際，老人們慢慢走進大房間。

「廚房就在走廊盡頭。」護士手指彼端，雖說指派工作，卻也意味驅趕。

接下來老人們要做什麼？是故意支開我嗎？

符瑪更覺好奇，然而，工作指派下來了，她必須提步邁開，必須暫時擱下疑問。

30

廚房的活兒不就是那幾樣，洗洗切切，蒸煮炒炸，然而，收拾「殘局」最是傷耗，鍋碗瓢盆，每多一件就耗一分耐心，料裡的浪漫浸入油污和泡沫。久了，廚房反映「主廚」個性，油的、素的、享受的、怨憎的、喜愛的，全在氣味裡自我表達分明。

偏偏符瑪沒有拿手菜。

符瑪自知不是料理高手，她的「怨」庖廚也許正是生活劇變的導火線。然而此時想來，她倒慶幸人生終於轉移重點，料理三餐只是兼差來玩！可不，玩，心態就會輕鬆。

如果當成工作看待，廚房是一處勞動場域，該做的，不容摻入個人好惡，所以，符瑪已經跟自己做好協商，一分一秒不能怠工。

懷著慣常印象，符瑪踏入所謂的「廚房」，一瞥眼，立刻被嚇了一大跳，以為自己被什麼魔術隔空傳送到另一處空間。

「這哪裡是廚房！」符瑪的兩片嘴唇還沒合攏。

根本就是間實驗室！

如果模糊來講，玻璃管，到處都是，高高低低，曲曲彎彎，人身不容易被看見。

郝新醫生竟然在裡面！

「麻煩妳把東西拿到水槽那邊去，清洗乾淨。」

「好的。」

壓抑好奇與疑問，符瑪小心翼翼地，循著通道移動，橫著走，憋著氣，縮著小腹，深怕一個閃失或偏轉便要撞壞什麼儀器。

繞過一個平台，轉角就能看到水龍頭。

嘩啦、嘩啦，符瑪扭開水龍頭，沖洗蔬菜，她埋頭幹活，聽任嘩啦、嘩啦一陣，又令手指撥撥弄弄，卻不知道應該洗到什麼程度，更懷疑自己在這樣怪異的「廚房」能做些什麼，因此不自覺地一遍又一遍地搓揉，幾乎要將豆莢的表皮磨破。

「廚房」裡面還有別的聲音，另外幾個穿白袍的人不時和郝新醫生交頭接耳。

顯然他們只關心玻璃管裡面的變化，完全沒搭理符瑪，當然更不在意符瑪肚子裡的牢騷。

31

被洗得「差不多」的蔬菜，全部堆在同一只竹簍上，符瑪完成交辦的工作，對著空氣報告一聲，又被「請」到外面。

「只管洗菜，還需要特地找個人嗎？」符瑪叨唸。

走廊外，沒有半個人，這屋子裡，出奇地安靜，就連空調也是無聲無息地運轉，讓人不禁屏住呼吸，然後緩緩吐氣，慢慢紓解莫名的緊張。

符瑪心中疑問重重，腳步懶懶，她實在不明白，幹嘛用高薪找個沒事人？

早知道……

「早知道就跟爸爸！」符浩有一次大吼，這句氣話從此變成符瑪的夢魘。

不行啊！孩子，請你留在媽媽身邊！

符瑪內心吶喊：媽媽會努力工作，一定會給你一個安穩的家。甩甩頭，符瑪摀住耳朵半秒鐘，她必須將心中這些雜音隔絕，只允許自己聽到：工作！賺錢！養家！

不如當個隱形人。

符瑪調整心態，把自己重新放置當下，工作啦！

這個「樂園」有什麼設施呢？

大房間的整片玻璃，把屋子打亮，符瑪這才發現，原來另一側也是玻璃，直接就貼著花園，大概是霧面吧，從外面無法看穿，否則，人在花園時，她就應該能夠透視這大房間的內部陳設，揭開一層神祕的面紗。

原來就是要保持神祕啊！符瑪心中升起強烈的迷失的預感。

「秘密到底還有多少？」符瑪打算慢慢探查，暫時，只好張大眼睛。

32

接近中午，不是應該準備午餐嗎？

符瑪沒被指派任何工作，廚房沒留她，護士也沒叫她，只能眼巴巴聽任時間隨著老人們手臂上的點滴，滴答、滴答。

點滴是紅色的？

符瑪目瞪口呆，這是輸血還是換血啊？

「小符蘋剛出生的時候也是這樣……」符瑪喃喃自語，想起自己的孩子早產時，巴掌大的身軀，在保溫箱睡了好久，那時候她還自嘲：一定是母體瘦巴巴，供給的「飲食」不夠營養，所以孩子寧願

「住醫院」！而這會兒，老人們也像脆弱的嬰兒，動也不動被罩在一個簾帳裡面，床邊高掛一副點滴。

早產兒得靠呼吸器慢慢養大，讓身體發育正常，可是，身體健朗的老人家，做這些治療為了哪樁？這又是什麼療法？

符瑪覺得自己真的闖進了迷宮。

護士小姐來回查看，猛然發現貼在玻璃上一張怔怔傻傻的臉。

「這個時間妳不能進來。」護士探出一個頭，對外宣告。

「我在想，還要做什麼事？也沒有人來吩咐我……」

「總有活兒給妳。」

護士小姐突然噗哧一笑，態度頓時柔和不少，忽然間，整間屋子裡肅穆的氣氛轉為親和的情調。

「我是怕妳怪我欺負新人，先說好，別叫苦，別像上次那個，一個星期就受不了。」

「不會！不會！」符瑪連忙搖動手掌，口頭上還要像起誓那般，說著：「絕對不會，我會撐下去。」

「那麼接下來，麻煩妳去處理廢棄物。」

33

掃廁所有什麼難的！

上回那個工作，還是整棟辦公大樓的廁所呢！

符瑪心想，打從給孩子把屎、把尿起，潔癖就上了身，自己家裡的浴廁天天洗洗、刷刷那是當然，據說有些公司雇用新人的時候還會施行「員工訓練」，打掃廁所大概就是為了觀察一個人的耐力和細心吧。

「哈！」符瑪不自禁得意地晃了晃腦。

「這個我行！就是別叫我去爬山。」

想到爬山，符瑪只能苦笑，那是符浩他爸的最愛，偏偏自己只想在公園踱步幾圈，頂多快走，走到汗流浹背也就罷了，可是這樣就出了問題，人家說的，漸行漸遠，有些事就得一塊兒玩，才能玩出情感，可惜啊，志趣不合，一個家就被拆成兩半。

有孩子跟著，固然辛苦，沒有孩子相伴的那人，應該也會覺得有所缺憾，對於孩子而言，無論如何安排，在被指派「監護人」的當下，就已經身心俱創。

符浩的傷，是加倍的重，妹妹小符蘋走了，除了自責，孤單最是難熬，然而，為了生計的媽媽，常常無法陪伴。

「唉……」一口氣嘆得好深沉。

符瑪這會兒是戴上手套和口罩，所以她的聲音和表情沒被發現。

然而，她卻在垃圾桶裡發現一些危險物品。

針頭、針筒、沾血棉花球和一些標籤上面印著小小英文字的玻璃小罐。

點滴和廢棄物，聯想起來，顯然這個地方的確在治療著什麼，可是屋內那麼乾淨……

哼、哼、哼，符瑪大力吸氣，想要嗅出空氣有什麼怪味，就像醫院那樣，替人看護的那段日子，膿瘡、傷口、排泄物加上各式各樣的藥水、藥丸，綜合起來，就是會讓人聞得心情鬱悶，可是這兒不同，「潔淨」，可以用來形容，而這樣的氣味，應該會讓人通體舒暢，做為養老處所，真是再適合不過了。

然而，潔淨過頭了吧？

就連那種「老人味」也聞不到！

「不能這樣處理醫療廢棄物吧？」符瑪不解，矛盾的做法應該可以找到合理的解釋。

「我該怎麼處理這些東西呢？」符瑪乾脆去詢問護士。

「就照一般垃圾處理。」

「不是要分類嗎……」符瑪心上忽然壓著莫名的疑惑和驚慌。

「別多事，有些事妳管不著。」護士小姐的話摻了耍狠以及命令。

「那倒是……」符瑪當然知道人微言輕，但是單就處理垃圾這件事，那可與身分無關。

35

沒有得到預期的回應，除了失望，不能怎樣，況且，為了保住工作，符瑪只好照著護士的意思處理，但是她盡量讓針頭或玻璃包在紙類或其他軟件裡面，以免意外弄傷他人。

「不妥、不妥……」

「垃圾袋應該用紅色或黃色的……」

「然後再貼個警告標籤什麼的……」

符瑪終究忍不住叨唸，異想天開想要藉此引來一些關注，她一邊動作，一邊觀察屋內動靜，沒有任何人趨近詢問，顯然處理垃圾是極其微渺的細節，不值得傷神。

「垃圾就垃圾吧。」她只得悻悻然地迅速完成。

「我勸妳別多事。」護士小姐突然冒了出來，直視的目光慣持冷靜，幾乎每個動作和每句話語都是冷淡：「這裡既不是醫院也不是診所，不要管什麼醫療作業標準程序。」

符瑪無法信服，明明就有醫療行為……

「接下來，刷洗廁所。」

符瑪點頭。

「樓上也是一樣，走廊底有樓梯上去。垃圾的問題，不要再來問我。」護士再次勸誡。

點點頭，符瑪不吭聲了，重新整裝，口罩、手套還有服從的舉動。豈料，樓上的景象又讓她更加倉皇，哪裡是用來給老人安養？一定還進行什麼實驗！

符瑪在心裡默禱：像我這麼不聰明的人，可千萬別讓我碰上什麼麻煩！

36

二樓，同樣是玻璃隔間，符瑪大略打量一番，相同配置的格局，走廊一條通，與樓下護理站相同的位置佈置了一個區域，有飲水器、咖啡機和一個小冰箱，連接流理台和水槽，水槽上方是吊櫃，兩扇小門框內鑲玻璃，可以看見幾組咖啡杯盤，整齊擺放著。

看來，這些東西經常被使用。

符瑪望向另一側，和樓下大致相同，全是玻璃，不過，隔成兩間，感應門也是玻璃的，一張貼紙說明其作用：生物實驗室以及基因檢測實驗室。

哇！我來到什麼地方啊？這是哪一種安養院！

符瑪倚著玻璃，眼珠子不聽使喚，跳躍在那些器具和設備上，腦袋瓜也不聽使喚，糾纏在那些已知和未知之上，而這眼前所見的和以往的常識或經驗完全無法串連！

這一幢外部普通的民房，內部竟然超乎想像，不說別的，光是垃圾就不尋常。

又回到垃圾！

符瑪仔仔細細端詳休息區流理台邊的垃圾桶。

「全是咖啡渣？」符瑪自言自語：「這些醫生、護士都不吃別的啊？」

「那可不！」一個溫柔的聲音竄出來，嘻笑地說：「我們還吃仙丹。」

猛一轉身，符瑪恰巧撞見郝新醫生的笑臉。

「不好意思！不好意思！」符瑪蒙著口罩嗚啞地說，直想因為失言道歉。

「工作可還習慣？」

果然好……心。

37

不知如何應對，符瑪猶豫地點點頭。

「妳說對了，我們都在這兒喝咖啡哪。」郝新醫生注視符瑪手中的垃圾內容，說道：「至於三餐呢，就各自解決，因為我們這兒不准攜帶外食的，妳的那份，同樣也會折成現金付給妳。」

原來如此，符瑪稍覺寬心，這些規定沒有先提，難怪她要猜疑，但是……

還是怪怪的！符瑪一時半刻也無法說清，也或者應該說，符瑪根本不知道問題出在哪裡。

唉，符瑪心裡嘆了一口氣，誰叫我只會活在自己的世界裡，每天計較能存幾個硬幣……

「下午三點，妳上來一下，趁午茶時間，我來介紹妳給其他夥伴認識、認識。」

「不敢當！不敢當！」符瑪臉頰飛紅、心口跳蹦，揣想自己不過是個清潔婦，無足輕重，哪裡敢與這些醫生相提並論，稱我「夥伴」，害我真想鑽進地洞，再讓自己享受舊日那般不食人間煙火的脫離時空。

38

過去的生活，其實是躲在防空洞。

符瑪知道，有一種安逸是恐懼的偽裝，故意忽略警鐘，譬如不去深究符浩他爸爸為什麼越來越喜歡雲遊。

愛山的與樂水的，當然談論不同，偏偏符瑪自己既不戀山也不戲水，只喜歡發呆，對著自己思索，或者把自己放上一片空白的天空，想像，風沒吹之前，雲的行蹤，雲若飄過，未來是否將會遇上彩虹，或者最終必須孤獨棲息天空角落。

符瑪在婚姻裡，不斷思索類似的「如果」，她不知道，是自己走太遠了，還是後頭那個跟不上的，已經倦了很久、很久……

未來，兩個人的路就此分道了。

記得符浩的爸說：山容易讓人迷失，卻也最能發現隱藏的自我，尤其勇氣會在黑暗森林完全發功，你會變成自己的英雄。

連符浩那孩子都見證過，說他爸是他的偶像，從未看過爸爸那麼敢於決定自己的節奏和自由。

至於符瑪自己呢，她開始覺得陰影躲在身後，就像人家說的「如影隨形」，而她的陰影還會穿透軀體，隱匿於每一個細胞核。

細胞核？

符瑪的腦袋像被急雷劈過！記得在哪兒瞧見這個字眼？

符瑪拍拍後腦勺，怪自己腦袋不管用，忘東忘西，甚至常常忘記自己只剩下一個符浩。

果然，孩子是媽媽的符號。

39

而符號，其實允許隨意。

生活也是如此。

有些事，若能忘記倒也算是福氣，畢竟一個人的腦容量有限，記住太多事情，該忘的不忘，就會像垃圾桶，堆出臭氣薰天。

處理垃圾，這時候對符瑪而言，就像醍醐灌頂。

腦中的垃圾，慢慢清理，需要時間。

若是工作，可千萬不能慢吞吞！

符瑪已將垃圾全部處理完畢，二樓的和一樓的，沒有分類，全部塞在一起，提到屋後巷口的垃圾子車，符瑪便將醫療廢棄物的疑慮暫時忘記。

日近正午，該去享受一頓吃的。

回到屋裡，經過中央走廊，大房間安安靜靜，符瑪貼近玻璃查看，老人們看來都在享受午盹，符瑪下意識把動作放得輕緩，不弄出半點聲響。

「這個給妳。」護士的嗓門卻是大剌剌破壞此刻的安靜。

護士伸長手臂遞出一張磁卡。

「以後進出記得刷卡，系統已經認得妳了。」

「不用有個人留守，注意老人的動靜嗎？」

「放心，有保全系統，不必擔心。」護士笑了笑，準備起身離開崗位。

「需要我帶妳逛逛，去熟悉周邊環境嗎？」

護士倒也熱心，瞬間換了一個樣，想來不論做什麼都一樣，上班就得把壓力肩上扛，會不會她的冷漠就是如此形成？

儘管站在對方的立場設想，初來乍到者，最好不要妄加論斷，符瑪決定與人保持距離，先行觀察一陣子，測測風向。

「我得給孩子送午飯去。」

有個藉口正好可以用上。

40

給孩子送午餐，真是好藉口。

符瑪回想，窩在家裡的那段時光，孩子就是自己跟世界之間的橋樑，出門常常是為了引領孩子發現新鮮，陪著孩子出門就是拼貼關於世界的印象，那角色不盡然只是照顧者，有點像是領航員。

然而，窩在家裡夠久了，孩子越發獨立，身為「領航員」的，竟然忘記為自己的航向設定座標，像在大海裡迷航……

直到驟變，大霧乍散。

帶著孩子，登上救生小艇，符瑪反而感覺世界翻新。

這便是「福禍相依」的印證吧。

符瑪雀躍地想：好久不曾這樣了，給孩子送午餐，此時，真是天賜的福分。本來以為這份新工作的工時超長，從早到晚，條件雖然優渥，卻是必須犧牲家庭時間。

如今相依的，只剩符浩。

唉，怎麼捨得讓符浩一個人孤單。

符瑪長嘆一聲，人生無常，有時候連自己也做不成自己的主人。

如果這份差事做得下來，日後也許可以天天給孩子送午餐，對自己或者對孩子來說，讓生活隨機調整，也算是意外收穫。

因此，懷著感激的心情，符瑪遛到附近的便利商店。

「哇，這麼豐富！」符瑪忍不住像挖到寶一般的驚喜，面對琳琅滿目的餐點，一方面慶幸自己不必下廚，馬上就能餵飽飢腸，另一方面感嘆家的「味道」被取代，自己暫時無力扭轉現況。

於是，拎著兩份午餐，符瑪回到「新家」，就在工作場所的樓頂。

41

一幢「狀似」安養院的建築，藏身老社區，周遭都是舊公寓，難以窺探，必得親身進入，才能略見一二。

譬如符瑪，因為應徵工作，幸運中選，才能夠擁有磁卡，通過保全系統確認，踏入高牆之內。即便如此，乍看那一座院子，也是普普通通，栽種植物，無有異樣，花草、蔬菜、水果隨著季節更換，若要說說醒目之處，應該就是屋子後方，挨著一棵高過樓頂的玉蘭。

而外觀上，最不相稱之處，是貼著屋子另一側搭建的一座鐵梯，直通樓頂，有一間加蓋的鐵皮小屋，做為工作待遇的條件，這間員工宿舍，陳設簡單，本為單身者考量，不過，符瑪攜了家眷。

頂樓鐵皮小屋，正是符瑪帶著符浩搬入的「新家」。

上工第一天的中午，符瑪興高采烈的，買了兩份餐點，想與孩子共享。

「運氣不錯，撿到中午休息時間，以後我們可以天天一起吃午餐……」邊說邊走，符瑪以為孩子還窩在自己的帳篷，週末假期，睡到自然醒最棒了！

「大太陽的，你熱不熱啊……」

不見人。

沒有回應，只有一個帳篷。

帳篷搭得挺漂亮，原來符浩從爸爸那兒也學了不少東西，這一想，鼻酸陣陣，選擇離開容易，留下來陪伴孩子最難，因為，一分一秒都是無限大的孤單，孩子一定不懂，大人的戰爭與他何干？

所以，不能怪他，這孩子大概又去找伴了……

忍住！符瑪告訴自己：給孩子時間，也給自己時間。

然而，符瑪終究忍不住失望，坐在帳篷前面，發呆半晌。

不能怪他……不能怪他……符瑪壓抑複雜的情緒，慢慢回過神來，慢慢把餐點吃完，另外那一份，怎麼辦？不能帶回屋內，也不能丟進屋後的垃圾子車，她想，讓肚子撐一撐吧，就像是把所有的委屈都往肚裡吞，畢竟，此時此刻此地，沒有半個傾吐對象。

幸福心計畫

42

「想吃什麼？」符浩問著身邊的女孩，一邊掏出口袋裡的零錢，放在手掌上，撥撥算算。

「一個飯糰？還是一碗泡麵？」

「各付各的，所以，你不用擔心。」女孩逕自伸手選擇，從冷藏櫃裡挑出一個三明治，然後又往冰箱拿出一罐飲料。

「你應該買套餐，有吃有喝，比較划算。」

符浩受到影響，因此來回查看餐飲內容，內心斟酌一番，最後依然維持原意，買了兩個飯糰。

走出便利商店，兩人不約而同望向對街的小公園。

太陽在頭頂，符浩不計較曝曬，倒是女孩偏頭抬眼，一會轉左半身，一會兒轉右半身，挑剔光的射線，最後選擇一處倚著桂花叢的背光花台，露出滿意的笑容，然後，坐下。

符浩不想傷腦筋，跟在附近。

兩人很有默契地將背包擱置中間，空出距離，卻又像是一夥來的，然後，各自吃起午餐。

小公園沒人，遠端花台上靜靜躺著一個流浪漢，用衣物遮頭蔽身，翹起一隻腳搭在膝蓋上，露出污穢的腳掌，指甲內藏黑垢一圈。地上一些物件散放，拖鞋，一隻正，一隻反，翻過的報紙，零零落落，一點兒也不想宣示所有權，唯獨那幾包塑膠袋硬是被塞滿，爆出一隻袖子，和一角看似捨不得丟掉的被單，緊緊攏成一大團，怕被人順手拿走或者丟進垃圾桶。

一個人，以及全部的家當。

符浩知道，自己不要變成那樣。

「待會兒去哪兒？」鼓著雙頰，符浩一邊咕嚕咀嚼，一邊咕嚕說話。

「還想把我跟你綁在一起啊？我是『山芋』耶！」女孩神情輕鬆，啜吸冷飲，語氣故意捉弄。

符浩瞪大眼睛，無法應接這樣的俏皮。

「不然，妳想怎麼辦？」他只好又把問題丟回去。

43

日頭偷偷移動位置，陽光有些刺眼，女孩索性閉上眼睛，片刻之後突然大聲回應：「去網咖！」

不會吧？

符浩嚥下最後一口飯糰，喉間還塞著食物，一時無法表達心中的驚訝。

「不回家？」他多吞幾口口水，清清嘴巴。

「我沒有家。」女孩嘴含吸管，回答得理所當然，情緒平穩。

「喔，」符浩知道她有隱瞞，於是自己模糊問法：「我是說，住的地方，可以安全過夜的地方，譬如像我，起碼還有一間小屋子，妳一個女孩子，怎麼可以住在網咖？要是被我媽知道，她一定會衝進去，把妳揪回家！」

「喔，你媽夠狠！」

「不是狠，是不忍，她都說：『大人偷懶，小孩造反。』大人該管的要管，不該管就雙手一攤。」

「哈！你以為每個大人都很聰明啊？」女孩的語氣充滿不信任。

「當然不是！好比我媽，以前常常被我們氣哭，只要一哭，她就會怪自己太笨，偏偏小孩又特別聰明！可是她又會安慰自己，說什麼『勤能補拙』，做父母的，也要學習……」

「也就是說，你媽很勤勞囉？」

符浩沒想到對方會突然拋出這個問題，因此回答有些遲疑，他搔了搔頭，認真地回憶，想找個接近實際狀況的形容。

「還好啦，除了超愛管人、管事，也超愛唸，而且她說自己超會預言，譬如，她叫你帶傘，常常會說：『免得半路遇上暴雨』。果然，暴雨就給你碰上，然後一回到家，她又會加一句：『看吧，我是氣象烏鴉，神準！』每次都這樣，反正，她常常講反話，一生氣，連口水都毒，一張嘴就會噴死一堆蚊子、蒼蠅。其實呢，講反話，是希望博取同情，譬如她會勇敢承認懶得煮飯，說料理不是她的強項，說她的創意勝於手藝，色香味，永遠三缺一，目的呢，就是要我們安慰她幾句嘛，然後等著強調食物原味才是有益健康，這是她自己設的『陷阱』，每次我和妹妹都故意上當，哈、哈、哈……」

哈！哈！哈！符浩自顧自笑個沒完。

女孩旁觀，像聆聽傳奇一般。

不知道有沒有講完，符浩總之最後自己笑得彎腰、拍掌，全然忘記旁邊有人瞪著大眼睛。

聆聽一長串，女孩的表情也多層次變換，從興味盎然到黯然神傷，最後變出苦臉一張。

「真羡慕你，好像跟媽媽很親。」

話中，有欣羨，也有嫉妒嗎？

44

「不是『好像』，就是很親。」符浩糾正女孩子的用語。

不知道從什麼時候開始，符浩漸漸把媽媽當成朋友，什麼事都能聊，就連寫張小紙條都能討論女朋友的類型，兩個人還一起研究男孩子娶了老婆之後應該住在誰家。

有聊、無聊的事，隨著歲月漸漸複雜。

有一天，符浩突然明白：媽媽也有「不懂的地方」，譬如他就不能拿數學題目，希望她幫忙解答。自從家裡出事之後，他更發現了：媽媽非常脆弱，哭起來也像孩子一樣，眼淚鼻涕搶著流淌！他因此更加確定：有些時候，角色必須互換，他必須變成照顧者，即便不能賺錢，他要用獨立、堅強做為媽媽的靠山。

「為什麼妳不留在媽媽身旁？」

所以，那時候，符浩才會氣呼呼地問妹妹：「為什麼要跟爸爸走，把我們家拆散？」

「一人照顧一個，公平。」

「什麼公不公平！想離開的人是他！」符浩確實不瞭解妹妹的邏輯。

「我只是想看看大人有多少勇氣，認錯的勇氣。」

「胡扯，妳根本就是拋棄媽媽。」

「說不定，這樣牽扯不清可以創造另一種可能。」

「哪有什麼可能？生活就是烏煙瘴氣！」

「你記得老師都會把吵架的同學各自帶開吧，過一會兒，兩個人互相道個歉，就沒事了。」符蘋似乎有所盤算。

「也許吧……」符浩緩緩點頭，開始嘗試理解妹妹的用心。

但是，為何半途而廢？說那些什麼「勇氣」和「機會」的謎語！

符浩的氣憤無處宣洩，因為妹妹什麼也沒跟他商量，就從高處把兩人的計畫摔碎，整個兒打碎！

破碎的，還有兩顆心，一個他們偷偷稱之為「幸福心計畫」從此擱下，他不知道爸爸怎麼想，只看到媽媽偷偷傷心，她開始在這個世界流浪，搬了又搬，講話也輕輕飄飄，好像「幽浮」，講話也讓人抓不到重點，以前那些有聊、無聊的話題全被揪成一團。

流浪的，一定還有所謂的「信任」，難怪符浩總覺得媽媽的眼光像劍，你跟講什麼事情，她都想要剖開表象，看你是不是真心。

符浩只能跟著，跟緊，免得媽媽忘記他，忘記回「家」。

幸好媽媽很認真，這一點，符浩十分確定，她好像醉酒之後突然清醒的老船長，拼了命，重整桅杆，努力穩住船身，繼續航行。

45

「依我看，是你在照顧你媽。」

「喔？你覺得是這樣……」符浩被女孩的話震傻，一下子就被人看透心思，感覺臉頰微燙。

這女孩，簡直跟妹妹一樣靈精，符浩終於知道自己為什麼一直黏著她不放。

妹妹，是他的鬥嘴伴兒！

「隨便啦……」符浩覺得不好意思，趕緊將話題轉移，收起玩笑說道：「總之，玩歸玩，妳一定要回家。」

「你真像個哥哥。」

「我當然是哥哥！我妹都——」哽住的話又被吞下，沒被說出的是：笑我像媽媽，超愛管，超愛叨唸。

「妳如果……很想去網咖，我就陪妳去一下，只有一下子。」符浩換上一副酷臉，顯示自己經驗豐富。

「也好，我們可以共用一台，比較省錢。」

46

符浩拿出背包裡的相機，輕壓機匣蓋，裡頭的記憶卡彈出，一張小小的塑膠片，儲存了十五年的家。

「應該換張大容量的記憶卡。」符浩小聲提醒自己。

這是符浩一直惦記的事項，可是被暫時擱下，相較於「那件事」，生活一切細瑣變成無關緊要。因為，符浩的宇宙起了變化，原本以為天大地大的事情，特別是娛樂，譬如看電影，或者奢華，譬如買手機，以前嚷嚷非做不可的事情，如今全部擱置，符浩甚至相信，這些生活「慾望」以後將會全部消失，而他，並不覺得遺憾。

媽媽沒跟她提這些，符浩就是知道：好日子過去了，另一種「幸福」得靠母子倆慢慢攢積。

幸好以前的歲月留下美好的印記。

以前的快樂，是媽媽用老式相機拍下，沖洗成相片，「那件事」發生之後，雖然不得不丟掉一些，她和妹妹「搶救」了一些最精彩的畫面，不多，但是足以反復翻閱，好像欣賞一部老電影。

後來科技進步，出現數位相機，而且越來越輕巧，就在出事前兩年吧，爸爸分期付款買了一台數位相機給他，同時期，部落格也很流行，緊接著，開始「微型」化，他也想別具「瘋」、「格」，開了幾個嘰嘰喳喳的圖像日誌，有一搭沒一搭跟同學網上哈啦。

家沒了，很多東西必須割捨，因為沒有一個自己的地方可以儲放，有形的以及無形的，所以他趕緊翻拍舊相片，讓「回憶」上傳，讓家的影像藏在「雲端」。

「原來你是玩家。」女孩的臉湊在電腦螢幕旁邊。

只見符浩熟練的移動滑鼠，點、開、點、開，然後命名，一個檔案匣「樹梢」就建立在相片集裡。

「一、二、三、四……」女孩在空中指著螢幕，念道：「七！」

47

七本相簿，代表七個「家」。

「醫院對面」、「地下室」、「公園斜角」、「山坡凹底」、「福地腳下」、「市場邊」以及最近的「樹梢」。

「喔，原來你也搬了很多次家喔，跟我有得比呢！」

「怪！搬家有什麼好比的，累死人了，我媽每次都說：『打死我再也不搬家了』，結果呢，更糟糕！她有一個工作，就是幫人搬家，可是那家公司很壞，每次都先派我媽去估價，讓客人信任，然後再找個長相恐怖的去給人家亂加錢，我媽說，她不能賺那個黑心錢。最後，我媽只好又換工作。」

「喔，原來你媽換工作才叫厲害！」

「沒什麼！我們已經習慣。」符浩的語氣稀鬆平常，情緒也平穩。

「怎麼可能？」女孩的心思飛遠，喃喃自語：「這種事情怎麼可能習慣？」

48

山芋雖然燙手，仍然努力生根。

可是什麼也抓不住啊！女孩的心事像湧泉噴發，一陣一陣一件一件，一件就是一次記錄，社工阿姨會在記錄上寫下：適應不良。

最新的艾妮媽媽應該早就去通報了吧？

下一次會去哪個「家」？

「至少還能選擇吧，我媽說，碰到不順利的事情，可以改變的就是自己的想法。」符浩信之為真。

他真的可以把搬家當做特殊的生命經驗，透過攝影記錄，透過網路，透過相片分享，每個「家」都是他的腳印，一步一步，相片讓他看見當時的自己，讓他分析感情份量，譬如他最喜歡住在「公園斜角」那段時光，一大早，他可以買份燒餅夾蛋和豆漿，在公園的花架下等候媽媽，把早餐交給她，然後自己再去上課，星期天的時候，他會買兩份，一起吃完，在公園晃個兩圈，然後帶媽媽回去睡覺，八個小時之後再當鬧鐘，叫醒媽媽準時去上班。

「所以，對我來說，搬家反而新鮮，好像生活可以重來，每一次都做修正。」

怎麼可能？我的未來根本就是別人在操控！女孩不自覺嘟起嘴巴。

「連我媽都說我的壞脾氣改掉很多。」符浩羞低了頭，因為想到那次發脾氣把相機摔壞，害媽媽多花了修理費，卻有兩星期不能記錄生活，他才恍然大悟，生活空白就會心虛，一天又一天，紮紮實實的二十四小時，少了拍照檢視，時間好像偷偷溜掉，不知去向。

透過記錄，才能牢記每一天。

牢記快樂和傷心。

49

「我不想，我要全部、全部都忘記。」女孩說。

猛然轉身，背對螢幕，女孩的雙手緊緊揪住背包，手指用力，一直用力，一直用力，使得手臂顯得微微抖顫。

無法看到女孩的表情，符浩只得靜待，深怕挑錯別人的「神經」，或者觸到最敏感的「痛點」。

符浩清楚意識到自己的成長，所以，「那件事」也不全然是壞事，往好處看，譬如符浩就像現在這樣，能用同理心去對待別人的喜怒哀樂，他知道自己不再是一個普通印象中的「臭男生」或者「少根筋」。

常常搬家也能「淬鍊」出來一些細膩感受吧，符浩心想，以前，傷心的時候，需要有人陪伴，現在呢，只需要一個空間，加上充足的時間，媽媽上班去了，他只能留在陌生的空間，一分一秒過去，憂悶慢慢被沖淡，取而代之的是一種期待未知的新鮮感。

「其實……」女孩囁嚅動唇，語氣哀怨地吐露：「我真想記住媽媽的臉。」

女孩的肩膀顫動，頸子慢慢垂放，一顆頭看似千斤重，最後整個上身趴在背包上。

一陣嚎啕大哭，天不管、地不管的情緒解放，女孩毫無忌諱地哭，毫不壓抑地哭，那場面把符浩擠到狹小的角落，靜靜地，關心。沒有錯愕也沒有責怪，甚至沒有採取任何安慰舉動，符浩只是留給女孩清洗「傷口」的時空，更多的時間以及更大的空間，這種情形，他經歷過的。

符浩心想：可她，內傷不輕啊……

50

「哪，給妳！」符浩等到時機，遞出衛生紙。

鼻涕和眼淚抹去，女孩大吸一口氣，打開背包的拉鍊，抽出一本冊子，厚厚的，封面五顏六色，看來是被經常翻動，所以邊角有些破爛。

「搬家好像還好，我呢，」女孩苦笑，啞聲地說：「媽媽常常換。」

原來如此！符浩不是幸災樂禍，的確有些遭遇更加難堪，經過比較，才會恍然大悟自己的幸運，所以，他決定從下一分鐘開始，他不能再跟女孩提起任何的辛酸。

「對啊，我好像也漸漸忘記媽媽的長相……」符浩在腦中努力勾勒媽媽最近的樣貌。

的確，來去匆匆的媽媽，向來沒給他好好「看」一眼，有一陣子甚至日夜顛倒，兩個人好像換班看守太陽，一個上學，一個上班，恰好分割一天。

「太好了！」符浩想到一個主意：「謝謝你給我一個靈感，我要開始幫媽媽照相，就像記錄『家』的印象，我們母子要一起來玩『自拍』，相簿就給它命名『築巢拍檔』……」

越說興致越高昂，符浩索性先建立一本相片集，鍵入名稱，免得忘記這個一閃的靈光。

「我……」女孩支支吾吾，「我也想建立一個相簿……」

「行啊！」

「可是我不知道怎麼弄……」

「真的？」符浩驚訝地問：「我看妳……不是常常上網咖嗎？」

符浩小心翼翼，擔心這一問，失禮又輕蔑。

「我只是玩遊戲……」

51

「這比遊戲還要簡單喔……」

符浩微微笑，線上遊戲真的可以排解無聊，但是他也知道，要把生活過好，「公」、「私」必須區分，不能像夢一般，把什麼都模糊掉，不然，在教室坐不住，跟同學只有代幣和武器可以比較，好像功課最不重要。

所以，最簡單的方法，就是把功課顧好，不要讓它太糟糕，不要讓媽媽被「請」到學校。

「首先，註冊……」

點到網站入口首頁，符浩想要退讓，把座位留給女孩自己操控滑鼠和鍵盤，但是女孩沒有移動，顯然打算讓符浩代為操作，自己先在一旁觀摩、學習。

微微笑，符浩滿意地享受此份信任，有種錯覺是妹妹在一旁，像以前那般依賴，兩個人窩在房間內，躲避父母之間的冷戰。

好幾次，下線之後一切如常，網路只是像公園，兄妹倆出去散散步，讓大人解決糾紛，沒想到，那一次，連整組電腦都被犧牲，因為「家」開始流浪，必須把網路切斷。

然後，網咖販賣流動天堂。

天堂的入口，每個人都可以擁有好多身分，而且可以自己命名。

「山玉，是山裡埋玉。」女孩說出自己的代號。

果然不是燙手山芋啊，符浩敲打鍵盤，選擇正確的用字。

「密碼一二三四。」

「據說這是最容易被破解的密碼，換一個吧？」符浩露出建議更改數字的目光。

「你幫我想一個。」

對數字沒有感覺的妹妹也是這樣，符浩鍵入自己熟悉的數字。

「以後你就可以幫我管理了。」

符浩笑了笑，那個偷懶的妹妹以前也是這樣想。

52

開始翻拍。

相簿命名為：「媽媽的臉」。

符浩替女孩想到一個方法，把所有繪圖照相，透過記憶體，上傳網路，儲存「雲端」。

一本沉甸甸的素描本首先翻開第一幅。

喀嚓！

長髮披肩，歪著頭，坐在小山坡上，雙手抱膝，背景是燦爛陽光，近景有一排樹木，陪著白色建築，氛圍青春。

「那是我媽年輕的時候，據說正好是畢業典禮那天，我爸還沒出現。」

「我覺得她跟妳很像。」

「是啊，因為那是我看著自己畫的，故事是外婆講給我聽，畫面是我自己想像。」

「所以妳跟外婆住過？」

「對啊，最早是那樣，自從外婆過世之後，就開始寄給別人養。」

「妳沒有別的親人？」

「有也沒有。」

「不懂。」

「這跟『懂不懂』沒關係，這是『要不要』的問題，他們都不要我。」女孩苦笑，指著鼻尖說自己：「我這個『燙手山芋』。」

「有多『燙』？」符浩問。

女孩翻過另一頁，沒有打算為自己解釋或者辯白，只是淡淡幽幽地說：「總之，他們跟我不親。」

「親人也有不親的？」符浩又問。

「這是關於機率還是運氣？」女孩反問。

嘖！符浩揪眉一頓，接不上題，覺得女孩的思考已經跳躍十萬八千里。

53

第二幀是個吐舌的大嬸。

「這舌頭像蛇頭。」符浩說出當下的觀感。

「說得好！說得好！」女孩拍掌，「你這個形容超棒！」

喀嚓！

「她這個人很愛教訓，劈里啪啦，講個沒完，可是我什麼也聽進耳朵，只記得一句毒話，超毒！沒有解毒『血清』。」

「這麼厲害？」符浩配合演出。

「她說：私生不如偷養。」

「哇！這麼深奧，限制級對話吧？」符浩不是裝傻，是真的不懂，好像另一個種族的語言。

「她就是以為我不懂。」

「所以妳懂？」

女孩點點頭。

符浩搖搖頭。

「不管懂不懂，光看舌頭那麼長，就讓人受不了。」符浩私下比較媽媽的嘮叨，雖然她沒有時間長篇大論，有一回，單是抱怨他邋遢，就在他上學之前了數落了十分鐘。但是，聽同學談論自己媽媽的經驗，結論就是：好像天底下的「媽媽」都是這個樣子。

54

話毒，最毒的，就是說中別人的痛。

殘忍。

「她大概相信『以毒攻毒』，但是，我逃走了，她沒有機會在我身上證明她的理論。」女孩驕傲又負氣，臉上浮現得意的笑容。

「然後呢？」符浩問。

「我以為下一個媽媽會更好。」女孩挖苦自己的處境，「結果是，不好不壞，接下來這個媽媽關心時尚，說是拿我當模特兒，其實是看不慣我的打扮。」

喀嚓！

一張臉，五顏六色，像調色盤。

「畫小丑啊？妳該不會是故意誇張表現？」

符浩想起街頭速寫的攤子，媽媽和爸爸就是那時候一起入鏡，兩個滑稽的表情，誰都不承認自己的長相，可是又取笑彼此被抓到最真實的臉。

「我覺得她想把自己化妝成別人。」

「不喜歡自己才會這樣。」

「我也不喜歡她，」女孩說：「雖然她幫我買了一堆漂亮的衣服。」

女孩將素描本翻頁，指著幾套裙裝，做出搗嘴、想吐的表情：

「你看看，這些東西穿在我身上，醜斃！」

關於這點，符浩實在無法置評，妹妹向來自己開口要這要那的，這件配那樣，自己玩得高興，從來不管別人的意見。

55

女孩翻到下一幀。

喀嚓！

紙頁上全是點點點。

「這又是什麼表現手法？」符浩問。

「點描。就是用點點組成線條和平面，近看模糊，拉遠了，就出現輪廓，因為模糊又清晰就是我對這個媽媽的印象。」

近看又拉遠，符瑪讓相機頭伸縮，果然出現女孩描述的效果。

「喔，模糊又清晰，這句話超有學問。」符浩如實承認，看來繪畫是這女孩的喜好與專長，因此隨口問了一句：「妳將來要當畫家啊？」

譬如妹妹總是大聲宣布：我要當女王。

然後指派給每個家人一個職位，「女王的爸爸」、「女王的媽媽」，還有「女王的哥哥」負責保護「女王妹妹」，以及幫忙揹起「女王的書包」。

此時回想，符浩仍然不自禁笑開了嘴巴，而那時候，妹妹七歲。

可是爸爸竟然說，那時候，他已經有了離家的念頭。

什麼跟什麼嘛！

這句話也是模糊又清晰，清晰的是，五年前，全家人一起去海口吹風，聞著魚腥舔著冰淇淋。模糊的是，那時候爸爸和媽媽之間究竟發生什麼事情？當時沒被發現，至今？連媽媽都搖頭：無法理解。

難道他不想當「女王的爸爸」？符浩不懂，如果他也想好一個志願，譬如什麼「長」，讓爸爸看未來的光榮，會不會他就願意留在家人身邊？

符浩搖搖頭，再也不想知道答案。

而女孩點點頭，當畫家確實是她的夢想。

「但是，當畫家可不簡單，那個媽媽說，她無法答應可以而且一直提供學費……」

對啊！符浩有所感觸地點點頭，自己媽媽也說過類似的話，但是她也保證會盡最大努力，只要孩子肯用功……

「用功！用功！」符浩複誦這個字眼，彷彿要說給媽媽聽見。

「對啊，那個媽媽也告訴我：想畫就畫，別想太多。畫畫，就把它當成快樂秘密。」

秘密，就是那種只對一個人說的秘密嗎？

「謝謝妳與我分享這個秘密。」符浩說得小聲又急忙，急忙把眼睛貼向鏡頭視窗，因為他不好意思迎接女孩的目光。

56

喀嚓！

入鏡的這一張臉，有一隻義眼。

「你怎麼知道那是『義眼』？」女孩吃驚地問。

「就是啊……」符浩起先說不出所以然，拿開相機鏡頭，仔細打量紙面，用手比劃自己的觀點：「就是焦點反方向。」

「嗯……」女孩若有所思，似乎有些事情必須隱瞞。

「我不想提這個媽媽……」女孩堅持。

「好吧，翻到下一張。」

喀嚓！喀嚓！

符浩連續按了兩次快門，女孩都沒有進一步說明的意願。

氣氛頓時凍僵。

「暫時就照到這裡，不如先來上傳相片。」符浩建議。

女孩仍然靜默。

於是符浩取出記憶卡，一個動作、一個動作地，執行上傳。

網路的運作，實在奇妙，三兩下，幾秒鐘，素描本的畫像轉存成雲端的相片集「媽媽的臉」，檔名沒有更動，就按照符浩為相機設定日期排序，也算是記載今天的相遇。

「那隻眼睛是我弄瞎的。」

女孩掩面哭泣。

符浩輕拍女孩的肩膀，知道她已經鼓起最大勇氣向別人承認，認錯，真的很不容易，這件事一定壓在她心底，很久很久，從來沒敢提起。

「艾妮媽媽……對不起……對不起……」

女孩衝出小隔間。

57

點擊登出，女孩網站上「媽媽的臉」建構工程暫時擱置。

符浩回到自己的相簿，隨意瀏覽網頁，如同翻開往日，一件一樁標記著逝去的無憂。

最近的貼文時間是在出事前一天。

標題：爸爸不回來過節

中秋節耶。

媽媽說：沒關係，路途遙遠。

我想，又不必坐飛機，飄洋過海。

總之，一個人留在宿舍幹嘛，除非有伴。伴，不是我們。

媽媽嘆了一口氣說：沒有心，出個門都懶。

補記：發文一個星期之後，爸爸和媽媽協議，我和妹妹跟媽媽，但是妹妹堅持要先跟爸爸住住看。

為什麼？

妹妹沒有跟我講。

再補記：一個月後，妹妹飛去天堂，我永遠也不會知道答案。

符浩盯著自己敲打的文字，還是有想哭的感覺，可是，淚水執意往嘴裡吞。

一年前，他仍舊有氣，現在，第三年了，隨著時間流逝，憤怒跟著光陰一秒一秒平息、消散。

媽媽也勸他：向前看。

雖然符浩考慮用文字回憶蛛絲馬跡，然而，就算找到答案又怎樣？妹妹也不會飛回來呀……

58

目光向前看，歲月在雲端向後流轉。

逝去的歲月被翻拍成相片，相片集累積七本，每一本相片集就是路途一段，而那個被暫時定義為「家」的地方，是讓他邁向獨立與成長的「休息站」。

「醫院對面」、「地下室」、「公園斜角」、「山坡凹底」、「福地腳下」、「市場邊」以及最新建立的「樹梢」。

符浩已經學會從陌生中看見新奇，從平淡中發現美好。

他相信「新家」開始形成，生活中的點點滴滴都將在此匯聚，形成一個記憶的池塘。

「樹梢」的相片集只有幾張，他點來點去，心裡盤算應該將哪個角度的描述鏡頭補齊，向上望，向下看，周圍的景觀也要多照幾張，好像「家」從來就不是一個孤立的地方，需要用類似「我家門前有小河，後面有山坡」的形容來指定地點。

譬如「樹梢」邊的大樹，樹上鳥巢以及巢中的母子檔。

而樹，有根、幹、枝和葉才完整，符浩猛然想起，樹梢逆向底處正是媽媽工作的地方，也是頂樓的底盤，不知道那兒是什麼樣的地方？怎麼會留下一處樓頂似乎與主建物沒有任何關連？

「溜下去多拍幾張。」符浩打定主意，想補拍「樹梢」的周邊景觀。

女孩還沒回來，符浩只能隨意瀏覽網頁，重新鍵入帳號與密碼，點擊登入女孩的相簿，打開「媽媽的臉」，前前後後打量那些母親的面容。

59

「媽媽的臉」原來不是每一張都溫柔啊。

「幸好我媽只有一張臉……」符浩口氣打趣告訴自己：「她的火冒了幾丈一眼就能瞧見，閃遠一點，人畜平安。」

「算你幸運！」女孩突然冒了出來，玩笑掛在嘴上：「沒碰上雷射光，那可是連幾公里之外的蚊子、蒼蠅都會殺光光。」

「恐怖……」符浩感覺女孩的情緒回復平穩，他也感覺，和女孩說話，真的很像跟妹妹抬槓。

而機伶的妹妹總是佔上風。

「我的相簿以後就交給你管囉！」

這聽似命令，符浩皺眉抱怨：「哪有人這樣……」

「懶？」

「不是，我是說，這種私人的東西，不能這樣隨便透露給別人……」

「你不是別人，」女孩嫣然一笑，說道：「你不是哥哥嗎？」

可是……符浩臉頰竄燙，想起自己先前的失態，一時答不上話。

「我剛才……」這會兒，換女孩想說，卻找不到適合的字眼。

小隔間裡，只聽見電腦悶悶運轉，兩個人有一刻鐘失去注視焦點，僅剩電腦的處理器指示燈一明一滅地快閃。

「我剛才去打了電話……給艾妮媽媽……」

就是瞎了一隻眼的那張臉，符浩回想一下，按捺疑問，等著故事繼續還有下文。

「我告訴艾妮媽媽……」女孩低下頭，試圖遮掩臉上的表情。

符浩聆聽。

「我想回『家』，因為……那個『家』是最溫暖的一個……」

「太好了！」符浩不禁雀躍地喊：「回家！」

60

「那隻眼睛是被我弄瞎的……」女孩一邊走一邊講，巷弄拐拐彎彎，正如同她的遭遇曲曲折折。

「可是艾妮媽媽沒有怪我，陪她去醫院的時候，她說是她自己不小心……」

女孩低垂著頭，顯現懊悔已經太晚。

「她還是對我很好，好像意外沒有發生一樣，她可以繼續溫柔，可是我不能假裝，我也不能原諒……我……」

所以她才會離「家」，符浩猜想，換做是自己，應該也會難過得不敢正視那張臉吧？

做錯事的時候，低頭幾乎等於默認，看來，每個人都會這樣。

符浩回想，自己犯下的錯也是不計其數啊，每回媽媽只說一句「看著我的眼睛」，三兩句詢問，便將他的謊言拆穿，還說「眼神騙不了人」，目光閃爍代表心虛，無地自容。

「妳為什麼決定回家？」停下腳步，符浩小心提問。

「我……我覺得你給我一些新的想法……」女孩眼神由飄移轉為

定焦，表達肯定，以及內心的篤定。

我？啞口無言，符浩羞得不知所措。

漸漸地，符浩心中升起一股溫暖，好像和妹妹一起分享跌倒的心得，以前，他往往是獲得啟發的人，這會兒，角色互換，有一股驕傲的滋味慢慢釋放，酸酸甜甜，他的嘴角緩緩上揚，正在品嘗這令人滿意的結果。

「而且，我不想永遠當『通報人口』，我不想當『燙手山芋』。」

女孩此刻已經抬頭挺胸，臉部線條明朗。

61

新的想法？是什麼呢？

符浩試著回想這一天，做了哪些事情？搬家、頂樓、帳篷然後網咖，網站和相簿，多了一個資料匣，取名「樹梢」，再瞧瞧霓虹燈閃，紅、黃、藍，世界似乎沒有不同。

「我本來以為『家』只有一種樣子，爸爸、媽媽加上孩子，這是標準型，看到你之後……」女孩以目光接觸符浩的眼神，緩緩說出：「我知道『家』還有別的可能。」

家的類型？

原來如此！符浩也覺得驚訝，心想，這個女孩簡直就跟妹妹一模一樣，可以用精確的形容概括一連串行動。

「哈哈……」符浩歪著頭，身體幾乎要漂浮起來，一陣被誇讚的愉悅充滿周身，他老實承認：「我沒有想太多啦……也不像妳說的那麼聰明，我只是做嘛……哈哈……」

「嘿！」女孩馬上變換慧黠之口，來一個小小戲謔：「我又沒有誇你聰明啊，我只是說『你給我一些新的想法』！」

「好啦！好啦！」符浩立即投降，不再舌戰，因為他知道自己無力招架：「是『間接』不是『直接』，我什麼事也沒幫你……」

「這麼說好像又太無情喔……」女孩將強勢軟化，以撒嬌化解尷尬，用著平緩的語氣說道：「總之，真的謝謝你硬拉我『回家』！」

符浩笑哈哈，根本忘記當時哪來的固執和傻勁。

不過，他想，一定要把這件事情記下，很久沒貼文了，似乎可以給自己的迷惘掃掃蜘蛛和灰塵。

那麼，標題就暫時定下：「回家的決定」。

白老鼠

62

符瑪本來想與孩子共享午餐，即便只是便利商店買來的「速食」，少了媽媽的味道，然而這是意外的驚喜，勝過所有的計較。

符浩竟然不在家！

不能怪他……不能怪他……符瑪安撫自己的情緒波動，接受現況。

自從出事之後，母子相依的生活就是這樣，給了零用錢，讓孩子自理，順便訓練他的獨立。

但是，天曉得，放手有多麼難，迫於無奈，幾乎是要狠下心。

況且，這頂樓只是暫時棲所，夠不上「家」的形容。

符瑪壓抑複雜的情緒，心疼地想，符浩這孩子太概是遺傳了自己的個性，他的反應是出奇平靜，不像他妹妹……

妹妹！

符蘋！

腹中驟來一陣做噁，符瑪急忙掩口，不願讓剛剛吞進肚裡的食物吐出，弄髒地板，即使這是別人出借的「家」，她也會好好維護，就像自己的一樣。

嘔啊！符瑪捶打胸口。

這真是最嘔又吐不出的氣啊！

沒家。

可愛的小天使飛回天堂。

眼睛飛來一陣刺痛，符瑪心中突然爆湧一股委屈，像水壩潰堤。

淚水，淹沒所有聲音，符瑪淹沒在黑暗裡。

63

滴答、滴答，黑暗裡敲起計時聲響，忽然，鬧鈴大振，提醒間歇的傷心噴泉即將隱匿。

符瑪慢慢回過神來，慢慢把淚水吞完，慢慢把臉上的水痕擦乾。

該回去上班了。

幸好，目前的「家」和工作地點就在同一棟，上班、回家只要一支通天梯，省了舟車勞頓，也少了一些懸心掛念。

起身拍拍屁股的灰塵，符瑪定睛四處一望，心想這孩子果然選了好地點，這帳篷搭得好，躲在女兒牆的高度之下，看不見周遭，有如秘密天堂。

當然，這得忽略旁邊的鐵皮屋才行。

以及，忽略樓下的安養院。

符瑪順著鐵梯往下走，心中一邊估算建物的樓層，估計高度，比對早上去過的兩個地方，一樓的大房間以及二樓的實驗室，頂樓之下，應該還有兩個樓層。

也許，下午能去瞧瞧呢？

拿出磁卡，符瑪將卡片湊近電鈴盒上的感應區。

「嗶！」驗證過關，符瑪使用自己的磁卡進入「彩虹樂園」。

有意思！符瑪翹起嘴角，心緒暫時紓解，她在心中叮囑自己：工作要帶勁兒。

雖然是第一天上班，符瑪領會了一份歸屬感，這種感覺很棒，是當年樂為家庭主婦時不曾有過的心境。自從出事之後，工作或許正是療傷的藥劑，它強效得足以麻痺神經，也或者足以欺騙感知細胞，忽略生活瑣碎，假裝自己有「大用」，不會因為過去的挫折而否定自己。

64

午休終了，符瑪進入「彩虹樂園」。

踏進人生新頁，符瑪提醒自己：抬頭挺胸。

老人們都躺在床上，可是動也不動，似乎正在等待什麼。

「我回來晚了嗎？」符瑪趕緊詢問。

「沒事。」

護士小姐還在護理站內，直盯桌上的電腦，沒空向別處瞟眼，自然也就沒有看見符瑪眼中的倉皇。

「準備下午看診，郝新醫生在他的辦公室。」護士總算別過頭來看著符瑪，若無其事地轉告：「這個時候，沒我們的事，有機器人。」

「喔……」

符瑪無法接話，因為狀況不明，說是要看診，醫生卻不必走出辦公室？看病居然交給機器人？

想不通！

想不通！

左想右想，都是空想！左看右看，把這個樂園反過來也沒有任何結論！符瑪搖搖頭，為自己的蒙昧扼腕。

符瑪只能靜靜待在一旁，看著護士，陪她盯著電腦螢幕，然後移動眼睛焦點，注意大房間內的動靜。

機器人果真出現了。

符瑪以為自己被帶入科幻電影，或者精確來說，是拍片的現場？

老人們卻是一點驚訝也沒有，也不見任何歡欣或期望，仍然面無表情坐著，等待這一套程序走完。

「妳瞧，這裡也可以看見診斷數據。」護士指著電腦螢幕，「這是心跳，這是血壓……」

不同的數字就是不同項目的診察結果。

護士簡單解釋：機器人配備無線網路、影像視覺、輪型移動平台以及基本生理量測的儀器，郝新醫生只要待在辦公室，就可以透過遠端無線網路操控機器人為病人看診。

好新！這個老地方竟然用新方法！

符瑪瞪大眼睛，跟緊機器人，看它離開一床又挨近另一床。

「跟人一樣，走路會轉彎！」符瑪忽然發出驚嘆。

「是啊，機器人身上裝有超音波感測器，可以閃避障礙物。」護士笑開了嘴唇，語氣忽然變得親善。

65

「難怪我的工作這麼輕鬆？」符瑪自言自語。

「不只妳，我也是一樣，根本只要守著這個護理站。」護士笑咪咪地講，看不出來是樂得輕鬆，還是自我調侃。

「難怪我沒看見什麼人……」

「妳這話只說對一半，」護士立刻解答：「除了郝新醫生，三個實驗室主任，其餘都是機器人。」

「實驗室？三個主任？」符瑪想起全是玻璃隔間的二樓，不禁抬頭翹望，心中默默清點人數。

「午茶時間應該都會在。」護士看看腕上手錶，「妳好像也可以一起來吧？」

喔？像符瑪我這種小角色？

符瑪暗自心慌，沒跟大人物喝過咖啡哪！

「真的……我也可以去喝咖啡……」符瑪腦中開始磨豆，鼻子彷彿嗅到一絲烘焙的燻氣，心神頓時振奮。

66

「先去幹活吧！」護士提醒。

從咖啡幻「香」中醒來，符瑪整個人神清氣爽，感覺工作起來十分帶勁，可是，活兒呢？於是她提問：「我該做什麼呢？」

「收集尿液，」護士說：「但是你得穿戴消毒衣，先到後面來。」

護士帶領符瑪走向護理站後方的小隔間，門是感應的，人站定，門扇咻一聲自動往邊側移開，才踏進去，頭頂一團霧氣往下噴灑。

符瑪嚇了一跳，頓時愣住，不知所措，只得轉身回頭以眼光求救，這才看見護士指指又點點，便順著方向瞧瞧又看看，衣服、帽子、口罩、手套以及室內鞋，她瞬間恍然大悟，趕緊穿戴行頭，把自己包裹起來。

然後，進入另一間玻璃房，裡頭有幾個櫃子，大小不一，透明的面板後面隱約可見一些瓶瓶罐罐。

「這裡是消毒室，簡單的，不比正規的大醫院。」護士也換了裝。

符瑪心頭一驚，暗自抱怨，這兒當然不是醫院，若真是，還得了！我又不是正牌的醫護人員，叫我幹這些活兒？怎麼行？

回頭又想，符瑪將先前種種跡象拼湊起來，這個宣稱「彩虹樂園」的安養院，根本就是扯上醫療，那些廢棄物，這些設備，當然還有樓上那些實驗室！

這兒到底是什麼機構？到底正在進行什麼計畫？

符瑪無從猜測，暫時只能走一步算一步了。

67

變裝完成。

清潔婦變成醫護人員，符瑪覺得渾身彆扭，沒法子，只能聽令。她依照指示，提起一只冷藏盒，跟著護士小姐，進入大房間。

老人們顯然未受干擾，依舊保持一貫的「無動於衷」，蒙面包頭的符瑪卻反而顯得侷促不安，不知何故，感覺被一股悲涼緊緊抱住，無法掙脫。

雖然有一種百「菌」不侵的潔淨感，這個大房間的氣氛就是讓人渾身不舒暢！

看看這些老人，沒有表情的臉，隱隱透著一種「中立」的空白，好像隨便你去解讀，樂觀的人用「閒適」形容，悲觀的人可能就會說那是「絕望」，符瑪則覺得奇怪，一群老人，怎麼會安安靜靜？

唯一的「異相」，是躺在最遠一床的紫奶奶。

紫奶奶的「表現」看起來比較接近「正常」，狀似癱臥，身軀像少了重量，無法自行起立，更像放棄了下床的想望。

「全部收齊了嗎？」口罩後的嘴唇發問。

護士小姐的聲音，將符瑪從個人思緒裡抽離出來。

點點頭，符瑪正要起身，她從紫奶奶床下的尿液收集瓶當中拿走第二瓶，剎那間發現一根管子連結到床板，另一端應該是被埋在被窩底下。

原來如此。

符瑪想起自己的住院經驗，那應該是導尿管吧？手術後以及病況重的人才需要吧，那可真叫人難受又彆扭呀！可是這些老人？

早上哪一個不是好端端地在花園？每一個都能散步的呀？

護士把自己的工作也收了尾，她提著另一只冷藏盒，收集唾液，口水罐子就設置在床頭，同樣被抽走一瓶。

跟著走，符瑪的心思胡亂打轉，安養，彩虹，老人，樂園，不吃飯，把藥錠當點心？身體看似硬朗，卻得插上導尿管？拿這些唾液和尿液要做什麼呢？符瑪看看自己的裝扮，穿著假「裝」，一副醫護人員的模樣，可是，自己完全外行，所以這裡的一切，會不會也像那一身騙人的打扮，表裡不一？

68

回到消毒室，護士將兩只冷藏盒同時放進一個櫃子內，關緊門，按個鈕，那櫃子便發出哼哼聲響，有個機器被啟動了。

兩只冷藏盒往內上升，不見了。

「原來是升降梯。」

這玩意兒總算讓符瑪一看就懂，可是，距離全盤瞭解還差得遠。

「直接送到二樓的實驗室，免得受到污染，影響判讀與化驗。」

護士又說這些什麼行話啊？符瑪聽得越發疑惑，判讀什麼？化驗什麼？完全弄不懂，總之樓上那些玻璃房肯定另有文章，口水和尿液，不都是生活的排泄物，對人來說，自然而然，怎麼需要特別收集起來？還拿去化驗？

「如果真要這些東西，幹嘛不叫老人自己來？」

符瑪以為老人行動自如，小解，何必使用導尿管？

「因為曾經有人做假。」

「怎麼做假？」

「簡單啊，兩個對分一管，然後，摻些水就可以。」

「為什麼？」符瑪不懂。

「這我也不懂啦！」護士聳聳肩，準備走出消毒室。

符瑪跟著動作，再次感受一陣霧氣噴灑，她換下消毒衣，腦袋裡的思緒和想法仍然混沌。

69

除非……有人不願意！

符瑪突然靈光乍現，難怪紫奶奶拉著她，要她幫忙！

「這就說得通啦！」符瑪輕拍手掌，把簡單的推理想了一遍。

「這麼舒適的地方，我以後也想住這兒，如果有錢的話……」符瑪忍不住盤算。

可不是！得有錢才行！符瑪默然頹喪，自動收匿才發光一秒鐘的夢想。

「有錢也不見得能住進來。」護士說得自然，一派瞭解內情的表情，忽然欲言又止地透露一些內幕：「據說還得套交情，要不，就是具有研究價值……」

交情？跟誰的交情？

研究價值？人耶，居然可以用「研究價值」來衡量？

一堆問題，一堆驚嘆。

符瑪咋舌，腦袋裡急著想問些什麼，卻無從辨明應該使用什麼字眼，因此一堆口水便嗆在口腔，模糊的話語也卡在喉間。

「譬如老先生的朋友第一優先……」

「老先生?第一優先?」符瑪嚥下所有急躁，等待內情慢慢浮現。

「是啊，穿紅袍那位，就是老先生，他是郝新醫生的爸爸，總之……妳不知道也沒關係，我們都不必管那麼多！」護士又透露一些，態度卻顯得刻意排擠。

畢竟，符瑪只是個清潔婦。

也許，護士小姐知道不多，只不過一派假裝靠近「權力核心」。

「瞭解。」

符瑪有些悻悻然，被蒙在五里霧中，卻又覺得護士的話有理，只好轉念，把注意力集中於工作，雖說輕鬆，敬業的堅持應該言行如一。

「那麼，接下來要做什麼？」符瑪問。

70

符瑪接下來必須協助老人盥洗。

說是浴室，沒水，沒有肥皂，只是一間空蕩蕩，玻璃自動門的門楣上貼著「蒸氣房」的標籤，也就是說，「洗澡」，實際上卻是「蒸」出一身汗。

符瑪負責收拾被褪下的衣物，然後遞上毛巾以及另一套同樣顏色的寬袍給同一個老人換穿，也就是說，不能搞混，不能讓這個人穿了那個人的，否則就會造成「麻煩」。

還有混亂！這是護士加重語氣的形容，符瑪無法領略護士口中所指的「麻煩」，倒是覺得在別人面前光著身子比較「嚴重」。

蒸氣房開始由透明翻白。

裡面本來透出一些藍綠色的燈光，漸漸被白色瀰漫，呈現一股迷離景致。

老人陸續走出大房間，經過中央走廊底的通道，即可抵達浴室，就在消毒室後方。

「紅、橙、黃、綠……」符瑪在口罩底下默數，眼睛盯緊，原來老人自己依循次序，似乎已經養成很久的習慣。
所以，哪裡會有什麼混亂或者麻煩？
符瑪頓感輕鬆，不過是伺候老人洗澡罷了，需要穿戴消毒衣嗎？
「換下來的衣服放進籃子裡，然後拿去消毒室清洗。」護士將籃子擺置在蒸氣室門邊。
「好的。」符瑪聽清楚了。
第一個老人走出房間，是紅爺爺，也是護士小姐口中的「老先生」，郝新醫生的父親，他神情自若，慢慢移步，一接近密封箱便俐落地將寬袍脫下，接著塞進密封箱，然後在蒸氣房門口駐足一秒，自動門推移讓開，紅爺爺隨即裸體進入，消失身影。
根本就不需要我嘛！
符瑪一臉驚訝，心中暗想：看來自己真是撈到輕鬆活兒啦！她不禁微笑、搖頭，無法置信，站在一旁，旁觀，一切漸進有序地進行。

71

符瑪提著洗衣籃，進入消毒室。

護士用手指點清洗槽的位置，接著同樣以手示意，要求符瑪注意操作方法與順序。

「按這個鈕。」

滾筒式洗衣機呀！

符瑪眼睛一亮，像久違老友一般，上上下下打量，不是專心學習操作步驟，倒讓思緒滾進舊日，再轉幾番。

嗶、嗶、嗶，清洗槽發出轉動聲響。

洗衣服吧？符瑪聽見久違的生活噪音，那時候，一家人的衣服彷彿洗個沒完，洗衣、曬衣、晾衣、摺衣成了枯燥生活的分節點，那機器的哼哼唱唱變成噪音，可是出事之後，一切從簡，賣的賣，丟的丟，洗衣機當然成了流浪的負擔，於是符瑪開始自我催眠，省水、省電、省心煩，況且，兩個人，換洗衣服不多，用手搓搓揉揉也就夠了，這麼一來，衣服的壽命延長，買衣服的慾望和衝動都會被揉淡。

所以此刻聽見清洗槽的運轉，反而有了重返人間的喜悅，那單調的聲音，在此刻聽來竟然不會叫人生厭。

「嘿！」護士喚醒符瑪的遲鈍，語氣變得嚴厲：「專心點，因為是第一次做，我才這樣帶著妳，妳要記住順序和位置，接下來，妳就得獨力完成。」

符瑪點點頭，用力閉緊眼皮再用力睜開，強迫自己回到眼前，迅速回到此刻手邊的工作。

「妳提毛巾那一籃。」

護士說完，隨即也彎腰抬起另一個籃子，裝著七彩的衣物。

符瑪點點頭，依令而行。

72

蒸氣房外，符瑪和護士各據兩頭，兩只籃子同樣靜置於兩個門口。

蒸氣房內，瀰漫的白霧阻隔內部的動靜，不得瞧見，符瑪嘗試聚焦於玻璃門上的某一點，定睛注目，希望能從霧氣飄移的縫隙瞥到什麼活動。

一片白霧瀰漫……

符瑪想像，如果加上一池溫泉，該是何等享受啊……

等著，等著，符瑪的想像馳回當年的溫泉鄉之旅，符浩和符蘋都還小，全家人泡在一池，孩子還能漂浮打水哪……

後來，經濟狀況不容許全家出遊的時候，只消一缸熱水，買幾包溫泉粉，不同香味和功效的，冬日裡，每一個星期都能享受沐浴時光。

熱霧漫漫……

而那白霧此刻似乎也在流轉，漫漫退，漫漫消散。

一個轉瞬，門推移，白霧衝出蒸氣房，一陣薰香飄散，首先走出來的是紅爺爺，他周身通紅，臉頰尤其紅潤，瞇著一雙眼睛，他喜孜孜地抓起籃中的毛巾，一邊走一邊帶勁兒地為自己的全身擦汗。

護士見狀，立即彎身取出所有寬袍，捧在前臂上，態度顯得恭敬。

一旁見習的符瑪心想，換做是我，這麼低眼俯看不為別的，就是不好意思盯著裸體的老人！

「謝謝妳！」紅爺爺發出洪亮的聲音，隨即從護士手中那一疊拿起最上面的一件，紅色的。

紅爺爺另一隻手還抓著毛巾，再一抹，拭去額頭上汗珠，一個甩手便丟入護士旁邊的空籃。

73

記住了！程序是捧、送、還。

符瑪默默觀察護士的舉動，以及老人的回應，她衡量自己可以做到什麼程度，想像已經上手，可以獨力完成，那麼接下來最後一個程序的收尾工作應該就是將擦汗的毛巾送進清洗槽。

嗯！程序一旦標誌出來，動作便不容易紊亂。

記住了！符瑪滿意地翹起嘴唇，幾乎可以預見自己上手的表現，最後，就等著老人全數回到大房間。

「我不要！我不要！」一個老人突然脫隊奔跑，直接衝向大門。

「喂！怎麼……」符瑪失了神，沒料到這一幕，所以一時半刻沒發現到底是哪個老人使著性子裸體奔跑。

「開門！開門！開門！」老人使勁拉拔門把。

園方沒有任何因應處置。

難道放任老人這樣大吵大鬧？符瑪不禁跑出一步，卻又即刻轉身回頭，抓起護士手上最後一件寬袍，符瑪極速衝上前去，攤開袍子，朝向老人的頭頂套下去，將袍子拉到頸間，然後，一個手掌揪高一隻袖口，另一個手掌抓起老人的手，由下向上穿，衣服便這麼穿好一半，另一半，相同動作照做，三兩下，一件寬袍便整整齊齊落在老人身上。

而老人，像個孩子一般，胡鬧被破了罩門，原來的情緒失控竟然自動收攏，乖乖的站定，不再反抗，也沒有任何表情，似乎等著聽訓。

「沒事了！」符瑪只是小聲安撫，無從規勸，畢竟她當真不知道老人情緒失控的緣由，找不到合適的話來講。

「小心著涼。」符瑪只能輕撫老人的背，一面輕輕施力，希望她配合「程序」，走回大房間。

「我想回家。」老人低頭叨叨，卻像是對著符瑪訴求，語氣充滿哀求和悲傷。

「紫奶奶……」符瑪這才發現老人身上的寬袍，是紫色的！

「妳願意幫我嗎……幫我……」

「如果……有機會……」符瑪陪著子奶奶走到大房間門口，其餘的老人已經再度躺回床上，幾乎都在閉目養神。

這是怎麼回事？

其他人都視而不見？

甚至漠不關心？

前一幕的騷動和後一幕的木然，兩者的極度反差挑撥符瑪的交感神經，這是怎麼回事啊？其他老人都沒討論或者反應？就連園方也沒有半個人出來關心？

越想越氣憤，可又不敢發飆，符瑪渾身抖顫，半氣半悲，為紫奶奶想家的渴求，也為這冷淡的情感！

符瑪憶起自己的家庭遭遇驟變之時，孩子們哭訴被大人遺棄的感受，大概與紫奶奶此時的景況類似，親疏遠近，該來的沒來，該說的話沒講，愛與關心，都在事故發生時，被比較出誰重誰輕。

符浩懂了這一點，所以他捨得快，原諒得慢，但是……可憐我的小天使，她不懂啊！天真地寄望人心柔軟，巴望情況逆轉，然而結果終究殘酷，善良的心腸被惡魔吞噬，所以她也決定張開翅膀，說是要追隨惡魔飛翔……

喔，我親愛的小符蘋……

符瑪再也無法吞忍，如被揪心剮肉一般，那痛感沒有絲毫緩解，痛得人眼淚不聽話地如瀑布傾瀉，然而，沒有人發覺，因為那一身消毒裝備正裹著全身！

因此，符瑪決定不再蓄留那些毒害心靈的淚水……

75

騷動過去。

符瑪心裡的騷動也過去了。

平復了嗎？

符瑪把一身裝備丟給洗衣槽，往事也該丟給流動的歲月。

符瑪掛念紫奶奶的情況，於是詢問護士下一次自由活動時間。

「等我們喝過午茶之後吧。」護士依然一派無事樣兒，口吻沒有情緒波盪。

「我必須出去陪他們吧？」

「當然！就跟早上一樣，早上散步為了心神安寧，醫生建議，其實就是禁止高談闊論，怕影響心情。但是下午散步的作用不同，目的在於紓解壓力，所以妳可以陪他們聊聊，隨便談，如果妳不覺得煩的話，妳知道的，老人家就愛那樣，說以前怎樣怎樣，而且講了又講，一遍又一遍，很奇怪，他們都沒發現自己已經把同樣的事情說了好幾遍。幸好有妳，今天就勞煩妳啦，拜託妳一個人去，讓我耳朵清閒一天吧！我看你挺厲害的，一下子就跟老人處得來，不如這樣，以後也不必輪流了，就由妳去陪他們聊天，好吧？」

劈里啪啦的，護士本來趾高氣昂的態度有了一百八十度翻轉，甚至還低聲相求，衝著符瑪拱手像拜觀音。

「唉呀！我哪有……」符瑪有些錯愕，這一個勁兒的委任真不知為何而來。

「那些老人好像也蠻喜歡妳……」

「有嗎？老人家不難相處吧？只要給他時間，聽他慢慢講……吧」。

「說得倒簡單！」護士扮起鬼臉，咧開嘴唇說道：「住這裡的老人時間最多啦，不是嗎？就是互相做伴嘛，可是怪咧，忽然就要鬧上一回！每隔一陣子就玩一遍，所以妳看，大家都習慣了，就連郝新醫生也說：『不能好心，要硬起心腸，要做對的事！』所以，妳等著看，那個老人過不久就會乖乖的住下，不再搗亂！」

護士說得氣憤，加上先前的一長串，這會兒嘴角竟然出現白沫，可見心情的激動。

好心？做對的事？

站在誰的立場呢？

符瑪感覺迷惘，如果是拘束，也是對的事嗎？

「住這裡，起碼有伴，況且我們的設備先進……」

「是啊，做伴……」符瑪心想，不只老人，誰都需要有伴吧，然而，伴，也要找對人。

「好啦！就這麼說定！」護士決定放手不管，也不介意是否被解讀為欺負新人，總結對談，她丟下一句：「妳負責陪他們聊天。」

76

午茶時間先到，符瑪跟在護士後面，登上樓梯，前往二樓的午茶分享區，據說整個工作團體都會到齊。

除了與郝新醫生見過面，還有三個，是護士口中提過的「實驗室主任」，所以，算一算所謂的「團隊」，總共五個人，符瑪當然不敢把自己包含進去。

「還習慣嗎？」郝新醫生親切詢問：「工作應該不難吧？」

「是不難，把髒衣物丟進清洗槽，很簡單，況且還有那些消毒藥劑幫忙，什麼細菌都沾不上。」符瑪回答。

符瑪臉頰浮現一片紅暈，有些心虛，她當然不敢承認自己哭了一身，那些鼻涕和眼淚全沾上消毒衣，恐怕會比老人擦汗的毛巾還髒！

「我們這兒沒什麼東西是髒的，如果要比，應該就是你那些老鼠便便。」

「怎麼可能！」抗議之聲，接著又說道：「我那些小白老鼠吃的可是比人還乾淨。」

「哎呀，你還不是故意餵他們垃圾，不然，怎麼對照？怎麼找出病因和療方。」咖啡端在手上的這位「主任」，繼續啜飲杯中芳香。

「也是啦，想一想，生病也不是壞事。」

「健健康康不好嗎？幹嘛折騰？不病不痛勝似神仙。」他又喝了一口咖啡。

「那可不行，大家都不生病，醫生失業怎麼辦！」

這句話惹得哄堂大笑，就連符瑪也差點兒把嘴裡的苦汁噴出，因此順勢彎身，從茶几上拿些餅乾塞進口中。

「這倒是，就是有醫生團隊勞心勞力啊，前陣子新聞報導，『長壽特效藥』已經研發出來，人類可以擺脫阿茲海默症和糖尿病，活到一百八啦！」

「我們醫生自己怎麼辦？」這位主任讓咖啡入喉之後又說：「不眠不休啊！救別人，耗損自己的健康……」

「做對的事，無悔無怨。」

「嗯。」

同時幾聲應和，似乎說明了這個團隊的共同信念。

郝新醫生突然放下咖啡杯，面色凝重，而且久久不發一言。

本來各自享受咖啡香氣與甜苦的幾個人也懸著未完成的動作，同時凝神噤聲，注視郝新醫生，靜待下文。

77

郝新醫生背靠沙發，整個人看起來陷落於長久的疲倦。

「老先生時日不多了。」郝新醫生悠悠說道：「我們都知道老化跟『端粒』有關，但是，我在想……」

頓時間，午茶氣氛變得嚴肅又專業，符瑪感覺自己的軀體開始在座位上惴惴不安，心裡暗想：應該尿遁或是不聲不響閃人？

「時間啊……」

醫生們重新展開討論。

「我也想過，能不能把『端粒』這個生理計時器調慢……」

生理計時器？調慢？

符瑪用鬧鐘的概念來理解這些艱深的語言，是不是乾脆拿個電池耗弱的鬧鐘，故意讓自己夢境中的時間慢慢晃、慢慢點？然後就可以理直氣壯告訴別人：我有設定鬧鐘啊，都是鬧鐘太懶散！

哈！鬼理論！

符瑪不禁聳聳肩，對自己的歪理感到抱歉，幸好只是心裡亂談！

吃餅乾吧！

捏起一塊餅乾，符瑪努力再把注意力拉回到醫生們的知識與思想交換。

「你那些小老鼠有什麼不尋常反應？」郝新醫生忽然針對某個醫生發問。

「我認為『自然遺傳』是強勢理論……」聲音卻透露弱勢發言。

「不行！我們必須有所作為！」郝新醫生突然駁斥，甚至大聲宣告：「我們明明知道抽煙、肥胖、少運動比較容易老化，為什麼？為什麼？我們找不出反制機轉？一定可以的……」

78

下午茶敘草草結束。

幸好咖啡已經啜完，名正言順可以離席，只留下郝新醫生激動之後的挫折，又被自己的勞思癱瘓在沙發椅內。

杯盤全被擱在茶几上，符瑪自然而然動手打點，她默默收拾，不敢發出任何疑問。

你們醫生的午茶氣氛都是這樣嚴肅嗎？符瑪忍不住在心裡發問。

什麼午茶嘛，符瑪感覺灌了好幾杯苦湯，心情根本沒有放鬆！

郝新醫生依舊仰坐沙發，一個頭斜靠椅背，閉目養神。

於是符瑪打算躡手躡腳下樓，不料卻在擺置最後一支小匙時弄出聲音。

「很無聊吧？」郝新醫生面露尷尬，他擠出笑容致歉：「不好意思，希望沒有嚇到妳，妳知道的，『三句話不離本行』，我們只會聊些恐怖的話題。」

是恐怖！

符瑪心中自謔，我的生活才是簡單得恐怖啊，常常只為了下一頓飯傷腦筋，哪裡管什麼遺傳不遺傳，肚子沒有填飽比較嚴重！

「可是明明我們已經把生活簡單化，把風險降到零！」郝新醫生仍然繼續思考，不會因為沒人回應而停止。

自問自答。

認真的人！

符瑪必須離開，否則可能自討沒趣，因為知識和經驗沒有交集，還是找點活兒打發時間去。

對啊，時間！竟然我的作息也會出現醫生們關注的話題。

誰的時間？怎麼用？

符瑪自覺不可思議，好像有所領悟卻又說不出什麼道理，只能籠統給自己一個結論：郝新醫生的時間和我的時間，一定不會等值，他的值錢，而我的時間，有十八年空轉，因為，家庭主婦沒薪水。

等值？吼！吼！符瑪嘛嘴嚇唬自己，她想起以前的日子根本沒有「時間」的問題，看著孩子長大，那是日復一日的時間管理，起床、忙忙轉轉、轉轉茫茫、就寢，然後在夢裡等待晝光。

符瑪心想：真希望「時間」停止前進……然而，應該讓它停駐在哪一個時間點？

出神地想著……想著……符瑪的腳步竟然配合心志，沒有挪移。
「喔，妳等著我指派工作是吧？」
符瑪的時間還留在原地。
「麻煩妳先去清理『動物實驗室』的廢棄物，還有基因檢測……」郝新醫生好像隨便找個差事交代，語氣雖然恢復輕柔，但是面容難掩怠倦。
「對不起，麻煩您再說一遍……」
「嗯，總之，妳去找護士小姐，盡力幫忙……」
「是……」符瑪低頭回應。
可惡！管他什麼時間！我已經人老珠黃！符瑪在心裡咒罵，責怪自己不該老是放縱自己恍神。

家，搬進心裡

79

女孩鑽進帳篷，東摸西摸，一陣子之後，幾件行李，裹的裹，該收進箱子的，一樣也沒忘記，可見離開的心意相當堅定。

「我們還能再見嗎？」

只留下一把梳子拿在手裡，梳呀梳的，女孩把頭髮梳個沒完，似乎故意拖延。

「我不知道。」符浩回答。

「你媽還不回來？」

「她都是這樣……」

「一個人？你不怕？」女孩又問。

男孩立即挺起胸膛，隨意走動，一邊四處張望，一邊故做鎮定。

「怕什麼！妳看，這裡是頂樓，又是獨棟，比起網咖，人來人往，這裡安全太多了。」男孩說。

「好像是喔……」女孩東看看西瞧瞧，然後皺起眉說道：「太安靜了，反而有種奇怪的感覺。」

「還好啦，我媽說樓下好像就是安養院，不可能太吵的。」

「安養院？前面就是大街耶，選這種地方……」

「我覺得很好啊，妳以為都市裡就沒有老人啊？」符浩笑了笑，接著又說：「這樣我媽才更容易找到工作，我也可以不用常常轉學，頂多就是搭車上學嘛。」

「說到轉學，這一次，我就非轉不可了……」女孩神情顯得落寞，怏怏地抱怨：「我討厭轉學。」

怎麼辦？符浩心想：又來了，我最不會安慰人了，如果妹妹在，她一定有辦法講出簡單的大道理！

「轉學，很好。」勉強擠出的一句，效果卻是相反。

「什麼！哪裡好？」

80

「看小鳥就知道！」符浩突然瞎指，朝著樹梢那邊發想。

女孩於是暫停梳髮，起身，走向女兒牆。

「鬼扯！然後呢？你說啊，轉學哪裡好？」女孩又把上半身掛在矮垜上，兩隻眼睛盯住鳥巢，想要悟出個所以然。

「嗯……」符浩暗暗絞盡腦汁，揣想這會兒如果能想出一句成語就太棒了，偏偏少了妹妹這部「字典」！早知道，應該像上傳照片那樣，在自己的腦袋儲存一些佳句美言。

「嘿，你來看！鳥媽媽又帶食物回來了！」

「鷙鳥不群！」符浩拍一拍掌，得意地說出自以為的智慧之光。

「說什麼呀？你武俠小說看太多了啦？那個成語是給做官的大人用的，我只是轉學……」女孩皺眉，沒有取笑，反而高興，氣氛也因此輕鬆不少。

「不群，就是一個人……」

「好啦，算你有扯上邊！」女孩報以鬼臉，隨即轉頭注視樹葉縫隙。

「小鳥很餓喔……」

「是啊，不知道鳥媽媽一天要餵幾次？」符浩也加入觀察，只不過稍離牆垛，沒敢學女孩整個人趴近。

「所以，小鳥一定得乖乖待在巢裡？」

「當然！還不會飛啊！」

「我們也一樣對不對？不會飛……」女孩的口氣顯得沉重。

「不對！」符浩這回可是回應得斬釘截鐵，而且有把握絕對可以把哲言講對，只見他嘟出一張評斷的嘴，而且說得字正腔圓：「巢居知風，穴居知雨。」

「哎呀！又不是叫你看風水！」女孩被逗得哈哈大笑，眼角汩出淚水，心底卻有種快樂的感覺。

女孩再一想，唉呀，原來他故意說得驢唇不對馬嘴！故意逗人的。

81

符瑪打定主意：亂搭嘴！

護士小姐委任兼推拖，符瑪必須去跟老人們聊天，所以，她打算胡扯，就算驢唇不對馬嘴也無所謂。

不然，一旦過了下午的散步時間，又得悶上一整天，這樣過日子真累！往後若得繼續在這裡工作好一陣子，豈不是活受罪！

「這樣想起來，老人家可真會憋……不知道他們在這兒住多久了，天天這麼不張嘴……」符瑪搖搖頭，同情的程度大於訝異。

「會不會是吃了某種藥物的關係？」符瑪忽然瞎猜，就連自己也被這個「靈感」嚇了一跳。

猛一個打顫，符瑪突然有種感覺：明明就是不對勁！全部不對勁！

取名「彩虹樂園」會不會太諷刺了？

根本就是死氣沉沉！

午後散步時刻，老人走出大房間。

彩虹再度出現，在花園裡，顏色一條一縷的，偶爾並列，偶爾交錯而過，卻是靜悄悄的……

對了！這座「樂園」就是少了「快樂」的感覺。

符瑪急欲發現其中癥結。

於是，符瑪快步走近紫奶奶，無論如何要把她的故事串接起來。

82

「紫奶奶，不如您一次全說給我聽吧……」

挽起老人的胳臂，符瑪也顧不得其他人的眼光，就是覺得非把事情弄懂，不能再東一塊、西一截！

「我已經等了好久，每一次，他們就換個新人，害我被當成瘋子看……」

「您是說洗澡的時候……」

「他們都把門鎖得好緊……」老人幾近啞嗓，聲音夾著抖顫。

「為什麼您要離開？」符瑪左顧右盼地打量四周，然後輕拍老人的手背，喃喃自語地形容：「這兒看來挺舒適又安全……」

如果有錢，符瑪告訴自己，肯定也要住個地方像樣的，差不多就是像「彩虹樂園」，花園尤其必要，不管晴天、雨天，起碼都能有個空間活動、活動。

「唉……」紫奶奶搖頭長嘆：「這叫做『池魚籠鳥』。」

喔，原來這老人家還不簡單呢，能講這麼深奧的話，符瑪只好硬著頭皮討教：「您這話，怎麼說呢？」

「不自由呀！」

「不是可以在花園裡散散步的嗎？再說，老人家也不需要太激烈的運動，這裡夠大、夠用了，只要每天都這樣，固定時間，走一走，身體就會比較健康啊！」符瑪直率地說出個人看法。

「可是，我想回家！」

老人家有自己的想法，這讓符瑪接不上話。

「只要住在自己家裡，我寧願孤單。」紫奶奶的語氣露出堅定。能回家，當然就不會孤單了呀！符瑪以前是這麼想的，因為「家」充滿記憶，不管是酸甜苦辣，回味起來，立刻能感覺被擁抱的溫暖，就算面對牆壁，也能與往事對話，點點滴滴，鮮明如在眼前。

然而此際，家沒了，不管是自願或被迫離家，肉身無根，情感無依，符瑪甚至已經不知道如何對比「孤單」。

至於紫奶奶的情況，是不是比自己還要淒慘？

83

「妳確定要回家？」符浩問。

「喂！是怎樣？懷疑我啊？」女孩嘟起嘴巴。

「不……不是啦……我是擔心妳又想跑去住網咖。」

「證明給你看！」女孩低頭從口袋裡掏出手機，按了幾個鈕，然後將手機螢幕遞到男孩眼前。

晚上準備妳最愛吃的夏威夷炒飯，早點回來，艾妮媽。

「有簡訊為證，沒騙你吧！」女孩說得坦然又得意。

「不錯喔，還吃夏威夷炒飯，」符浩的口氣有些尖酸，他瞄著女孩說道：「吃這麼好，還跑去網咖，我都只有吃飯糰咧！」

女孩瞪大眼睛，彷彿在問：這樣叫「好」嗎？這樣也會招來嫉妒？

「也不是什麼高級炒飯啦……」女孩本來想說寄養媽媽的廚藝馬馬虎虎，就是煎魚常常只剩刺骨，荷包蛋總是糊糊爛爛的而已，不過，她瞬間轉念，竟然脫口說道：「艾妮媽就愛變花樣，她知道我不喜歡『白吃』，所以每次就在飯裡加些花樣，她說的『炒飯』，其實只是『拌飯』，但是我知道她想逗我開心……」

女孩本來越說越開心，忽然又轉為幽怨語氣。

「她還要我一起做做看……」

「好耶，那不是更有趣？自己做的，味道吃起來一定更棒！」

「是怎樣？」女孩覺得不可思議，「明明沒什麼了不起，怎麼都被你說得像奇觀！」

「當然！好歹比我媽強，我媽只會煮電鍋菜。」

「電鍋菜？」女孩覺得新奇，第一次聽到這個字眼。

「連我都會，把材料全丟進鍋裡就對啦。」符浩不是自誇，而是想表達媽媽的料理非比尋常地簡單。

「不然怎麼辦？你們這裡根本沒有廚房。」女孩倒是細心觀察一番，知道這頂樓設備簡陋。

「是啊，而且我們常搬家嘛，鍋碗瓢盆不好帶。」符浩其實沒有抱怨。

幹嘛聊起煮飯？怎麼聊到鍋碗瓢盆？女孩有些懊惱，卻又不知道自己在煩些什麼，就是感覺應該再說點什麼。

聊什麼呢？

兩人幾乎同時噤聲，各自分心，似乎正在各尋話題。

84

「快來看！隔壁搬來一隻雄鳥。」女孩發現新目標。

「妳怎麼知道牠是『雄鳥』？」符浩反問。

「好吧，我不確定。」女孩隨即改正：「而且我也不確定那是不是那些鳥寶寶的爸爸，總之，那是一隻『成鳥』，這樣你滿意了吧？」

氣氛別弄僵啊……女孩叮嚀自己。

「牠在築巢。」女孩忍不住抓話來講。

「嗯，牠在築巢。」符浩的語氣平淡。

鳥兒振翅的樣子顯得費勁，特別是嘴上還啣著草枝，符浩盯了半天，似乎可以感覺那種吃力的辛勞。

「有了新巢不要舊巢。」

「不然呢？舊巢有鳥寶寶，沒有牠的位置了嘛。」女孩對照兩個鳥巢，點出現況與差異。

「可是，只有鳥媽媽在照顧寶寶，很累的……」

「這一窩是這種情形，不過，我在書上讀過，不是每一種鳥類都像這樣分家，也有留下來照顧寶寶的鳥爸爸。」

「所以……人也是這樣嗎……」符浩若有所思。

「這……我就不知道了，艾妮媽的家也只有她一個人。」

「所以妳是回去給她做伴的？」符浩終於開心地發現。

「嗯……可以這麼說吧……」女孩眼中有星點閃爍，靦腆地承認：「這麼久以來，她是第一個讓我喜歡的媽媽，她很幽默，不愛訓話，艾妮媽說，她對我會『睜一隻眼、閉一隻眼』，哈、哈、哈……」

女孩笑得輕盈，符浩覺得她像天使飛在空中，她甚至像妹妹一樣，有事沒事都能開起玩笑，就好比這會兒，她竟然開起自己媽媽的玩笑，忽而用手遮眼，忽而插腰指罵，比手畫腳，表演她們母的女相處情境。

可不是！符浩心想，這女孩大概覺得愧疚吧，畢竟那隻眼睛是被她弄瞎的，現在好啦，決定回家，壓力放下，難怪她整個人輕鬆了！

符浩沒有戳破表象，只是陪著笑，笑著、笑著，他瞥向樹葉之間那隻成鳥，心中忽然隱隱有些什麼正在醞釀……

85

「我沒瘋，我真的沒瘋。」紫奶奶重申，她抬起符瑪的手背拍了拍，問道：「妳相信我吧？」

符瑪陪著紫奶奶繼續散步。

「我早就計畫好了。」紫奶奶壓低嗓子，對著符瑪，毫無所忌諱地透露：「我有計畫，就等妳，等妳點頭。」

怎麼可能？符瑪心頭一驚，莫名其妙，怎麼自己變成紫奶奶的「棋子」？符瑪想：我不是才第一天上班嗎？

「妳是來解救我的。」

「怎麼可能？我才第一天上班……」

這是妄想？還是神智不清？符瑪不知如何回應。

「妳衝過來幫我穿袍子的那個時侯，我才真正確定。」

喔？符瑪回想自己當時的舉動，沒什麼大不了呀，換做是別人，大概也會幫忙吧？

「我確定，就是妳，因為，先前的人都怕被辭退……」紫奶奶發出無奈且失望之嘆。

符瑪暗自揣想：但是，我也需要這份工作呀！

「我幹嘛變年輕？我呀，我寧願回家死在自己床上！」

「奶奶！奶奶！您別激動！」符瑪無法招架，只能安撫，免得招來護士或醫生。

「我只想回家……」老人轉瞬變得頹喪，聲音有如蚋蚊。

「回哪兒？您還有……家嗎？」符瑪小心翼翼地問。

「有啊……雖然已經空蕩蕩的，說不定，被小賊偷去住了……」

「有沒有……家人？」

「有也沒有，住得遠也就沒什麼感情……」

「可是我看您身體沒病沒痛的吧？怎麼沒去跟他們一起住呢？」

「麻煩……麻煩……」紫奶奶的話沒有說完，似乎也不想說完，好像連解釋也嫌「麻煩」。

符瑪知道，那叫做：家家有本難念的經。

「總之，我愛一個人住。」老人家執拗地挺起胸膛，宣示可以繼續那樣的孤單。

符瑪知道：老人嘴硬。

「總之，這時候，先回自己的老窩再說。」紫奶奶的計畫已經啟動。

86

那麼，我這個陌生人，在您的「回家」計畫裡能扮演什麼角色呢？符瑪心中充滿同一個疑問，卻又不知如何切入問題。

「如果妳願意，可以跟我一起住，就當做看護，或者幫傭，大概就跟妳在這兒的工作差不多。」

「喔，差很多！您都不知道三樓和四樓那些……」符瑪猛然閉口，霎時意識到有些事情已經被告誡不能談論，況且，已經簽了保密契約！

「那些啊……我全知道！小白老鼠嘛，打針吃藥，我們這些老人就是大白老鼠囉，說什麼『好心』？說什麼『再生』？生老病死，每個人都一樣，幹嘛用醫學控制生理年齡，再說醫學，醫學也不能沒有人性……」

哇！果然是個不簡單的老太太，懂得多，想得遠，心還放得寬，這樣的老人家再健康不過了，住這兒？符瑪覺得自己無法想像紫奶奶是用什麼樣的耐力與偽裝，才能在這個安養院生活？在這個所謂的「彩虹樂園」！

「人家說『巢居知風，穴居知雨』，人生有風有雨，才有意思嘛，住在這個無病無痛的地方，跟死掉有什麼兩樣……」

呸、呸、呸，不吉利！

符瑪並非真的呸吐口水，只是在自己心裡喊一喊，希望不會觸了霉頭。

老人家不都忌諱那個字眼嗎？怎麼紫奶奶一直把哪個字眼掛在嘴邊，難道她不害怕……

我可怕得很！符瑪嘲笑自己的畏縮小膽，卻也為自己找個理由非常冠冕堂皇：孩子小，還有很多事得張羅、憂煩……

「我本來就不打算活到一百八，想想這輩子也夠本了……」

「怎樣才算夠本呢……」符瑪嘴上喃喃，並不是真想提問，只是，經歷家變之後，她已經遺失衡量人生價值的法碼。

或者也可以說，她的人生已經崩盤，她的鼻子失靈，她的眼光失準，她的耳朵失聰，她的手腳失措，她的心智失圖，她只好搬家，搬了又搬，期望「家」這個具體的「容器」能夠留住她的靈魂。

事與願違。

符瑪帶著孩子，無異於席地而眠的街友，只不過睡在有屋頂有牆壁有窗有門的屋子裡，她感覺母子倆已經變成城市幽靈。

孤單不再是個問題。

因為，一切成空。

87

「難道妳不害怕孤單？」符浩自己露出傷痕，他坦承自己的過往：「自從妹妹離開之後，我和媽媽就不知道該談什麼，因為以前都是妹妹先起頭的……」

女孩指著鳥巢說道：「等鳥寶寶長大，翅膀硬了，牠們也會離開。」

「可是，不應該那麼早……」

「是啊，我的外婆也還不夠老啊，我以為她會一直陪著我，直到她很老、很老……」

兩個人相視半秒，然後各帶傷心轉開目光，望著兩副飢餓的鳥嘴，以及那隻努力築巢的新鄰居。

在樹梢，風穿過枝葉，天幕開始變換色彩，有些地方深，有些地方淺，頂樓之外的世界開始立體化，因為霓虹燈遠遠近近、大大小小，灰色建築反而因為暮色下的陰影顯得立體，猶如地底竄出的生物，準備在彩燈的陪襯之下表演一場「夜之華」。

「窩在鳥巢裡，真棒。」

「是啊，黑暗算什麼！」

女孩漸漸挨近男孩，彷彿正在領略鳥巢裡的溫暖。

男孩也不推拒，他閉起眼睛，依稀記得妹妹抓住他的臂膀，那一股力量裡，有信任，也包含驚懼，兄妹倆，躲在房間裡不敢預見離散的必然，即使再多一秒都好，能不看就不看，大人各自據理力爭，說穿了，都是假裝，而小孩必須假裝勇敢。

只有符浩知道，妹妹需要他幫忙撐過這個場面。

正如此刻，女孩也需要他分享決定，勇敢的決定。

「艾妮媽一定在等妳。」

「嗯。」女孩點點頭。

「妳知道嗎？不一定是大人在家等小孩，如果有小孩在家裡等大人，我想，大人也會變得勇敢。」男孩用教導的口吻，猶如親告妹妹，他自己已經學會這種信念。

「嗯，這樣說好像也對，我會慢慢學習……」

「我會繼續努力，妳也一起努力……」男孩口吻更加堅定。

「嗯。」女孩點點頭。

暮色漸漸轉暗，男孩和女孩的眼睛也漸漸適應過來，從樓頂放眼望去，他們發現：霓虹燈因為黑暗顯得更加光艷。

88

「我還帶著孩子……不大不小的青春期男孩……」符瑪坦承自己的處境。

「當然一起住進來！」紫奶奶毫不猶豫就給予「福利」。

「那孩子不吵不鬧，就是有個小怪癖……是不是可以讓他睡帳篷？擺在客廳一個小角落就行……」符瑪說得戰戰兢兢。

「行！行！就給他一個房間，隨便他把帳篷怎麼擺，如果他喜歡，那座小小花園也給他！」

「平常時間，他會上學去，不礙事……」

「很好，我們那學區內的學校也不遠，走路去，如果他嫌遠，給他買輛腳踏車！」

淚水已經不聽話地開始湧現，符瑪一手摀嘴，一手壓住胸口，不敢相信紫奶奶的一字一句，以為自己跌入美夢，甚至懷疑這「彩虹樂園」是一處幻境。

「就是別讓我再住在這個鬼地方！」

「他們不會允許『我』這麼做的！而且我已經簽約了……」符瑪清楚所謂「人微言輕」，況且自己只是個雇工，沒有任何立場。

「當然是由我出面，要賠錢也行！」

「那麼，我該做些什麼？」

「只管點頭就對了。」

嗯！符瑪幾乎全身抖顫，一顆頭不聽話地又點又晃。

「很好！」紫奶奶滿意地微笑，鬆了一口氣，她肯定地告訴自己：「這一次，一定可以回家！」

89

紫奶奶忽然高舉雙手，出聲大喊：「我要回家！」

跟在一旁的符瑪被這突如其來的舉動下了一跳，儘管她大概知道老人的計畫，但是對於細節，也是毫無所悉，這種大事，怎麼可能即興演出，沒個章法？

更讓符瑪訝異的是：花園竟然出現集體行動！

「回家！」「回家！」「我要回家！」

紅袍、黃袍、藍袍三個老人輪番呼喊，原本各自分散的他們，同時朝著紫奶奶集結。

「我要回家！」紫奶奶繼續高舉雙手，在原地呼喊宿願。

「回家！」

「回家！」

「我要回家！」

橙袍、綠袍、靛袍三個老人也跟著出聲，同樣走向紫奶奶。

於是七個老人，湊在一塊兒，齊聲大喊：「回家！」

「回家！」

「我要回家！」

本來沉寂的暮色，一下子燦爛起來，紅橙黃綠藍靛紫，彩虹在樂園發亮，「彩虹行動」正在上演，這一幕熱鬧惹得歸巢的鳥兒撲颯颯又揮動翅膀，誤以為天色還早，可以再飛一圈，好把這一天的美麗世界再看一眼。

郝新醫生首先衝出來，他一個勁兒只抓住紅爺爺，用責備小孩的口吻說話：

「爸！怎麼您也跟著起鬨！」

「回家！回家！」紅爺爺繼續跟著彩虹老人團的節奏喊道：「我要回家！」

「您忘啦，這兒就是您的家！」

「回家……」

其餘醫生各自安撫老人，情況未見緩和，老人仍然吶喊，好似預先錄好的橋段，不斷重複播放。

郝新醫生忍不住眼眶泛紅：「為了您，我把這兒……這個家打造成一座……一座樂園……我們還在努力！」

看著老人無動於衷的表情，郝新醫生也無力支撐自己，頭暈腿軟，終於癱蹲下來，摀面啜泣：「這裡就是您的家啊……」

「那裡！那裡！我家在那裡，天使來接我啦！」

紅爺爺興奮地指向高處，大喊：「天使來了！」

所有人應聲抬眼，果真發現一個身影，襯著暈黑的天色，隱約可以瞧見一張臉和一個小小身形。

「啊！」符瑪尖叫，衝出「彩虹行動」。

91

別跳啊！

小符蘋！

符瑪全身顫抖，心口蹦跳著不祥預感，來不及了！來不及了！

符瑪拼命跑，跑出「彩虹樂園」，衝上鐵梯，使勁踩踏階梯，一步一個心驚、膽跳，一步一個如果、萬一。

來得及！來得及！

符瑪揪住彷彿即將爆開的胸口，沒有半秒喘歇。

別跳！別跳！

人還沒到，符瑪就開口大喊：「符蘋！趕快離開牆邊！」

孩子啊！符瑪的眼睛已經模糊，她心急如焚，時空於此交疊，悲劇即將重演。

「小符蘋！趕快離開牆邊！」

女孩呆立，沒有移動。

「孩子！對不起！」符瑪一個箭步，衝上前，使出全身力氣將女孩抱緊，她將大臉埋進女孩身軀，專心感覺孩子的心跳和呼吸。

女孩也聽見符瑪的急促呼吸和心跳。

「謝天謝地！」符瑪慢慢將自己與女孩分開，放心地喃喃自語：「總算來得及……」

女孩仍舊站立原地，感受被擁緊的真實。

「不要離開家，不要離開我，還有哥哥……我們一樣可以過得很好的……」雙眼已被淚水模糊的符瑪叨叨絮絮，抱著孩子哭勸，不肯鬆開雙臂。

女孩閉眼又睜開眼睛，一瞬間的黑幕，猶如電影快轉，概述故事一篇，此刻，自己扮演幻影還是替身？

一個情緒爆發的婦人。

一旁的男孩嚎啕大哭，蹲低，抱頭，此時此刻，他再也無力把兩人的悲傷扛在肩上。

92

紫奶奶已經收拾行李，一只小皮箱，沒有別的。換上入住那天穿在身上的服飾，酒紅色的外套，內搭一件簡單形式的旗袍，一雙平底軟呢包鞋，黑色的。

紫奶奶並不介意穿著這一身過時打扮再回到世間人群裡。郝新醫生簽下「離園證明」，紙上聲明：日後紫奶奶的一切狀況皆與園方無涉。

「很遺憾，您不能繼續留下來，我們一直很努力，朝著『再生醫學』研究，我們相信這個方向是正確的，而且已經初步獲得成效，您應該與我們分享……」

「分享？」紫奶奶抿嘴而笑。

「新一代的再生醫學將是以幹細胞為主軸的細胞治療，未來潛力放在癌症治療、完整的人體組織或器官的培養，無病、不老則是終極目標。」

「嗯，請繼續努力！也謝謝你的好心，我看，我是不需要。」紫奶奶依然不為所動。

只要想到回家，紫奶奶的嘔氣全部打消，態度和語氣也親和得不得了，跟先前那一副時而幽怨時而憤恨的軀體相較，簡直判若兩人。

「那麼……」郝新醫生終於瞭解自己的好心依舊無法苦勸老人放棄離開的念頭，只得整束衣裝與面容，回復一慣的和善，同時保留專業尊嚴。

「那麼，請您一切保重。」

「當然。」

「您慢走。」

郝新醫生跨回自己領域的門檻之內，安養院的門扇跟著關上。

紫奶奶沒有絲毫留戀，心中默默感謝那些大力配合「彩虹行動」的老人，對於他們，她只能寄予祝福，畢竟是狀況各異，紫奶奶知道：自己比較勇敢，敢於放棄長生不老的夢想。

其餘老人願意留下，繼續依循「彩虹樂園」的生活模式，接受郝新醫療團隊的照料。

而紫奶奶要帶著符瑪一起離開，園方無條件同意，以免枝節旁生。

93

「媽……放開人家啦……」男孩的嗓音低啞，但是已經收起哭腔。

「你要幫我勸妹妹……」

「她不是妹妹。」

「……」

「妳看清楚、想清楚，她真的不是妹妹，妹妹已經……」男孩的話語突然哽在喉間。

緩緩推開女孩的身體，符瑪放掉一隻手，大掌一刷，刷掉自己臉上大片的冷汗與熱淚。

「妳這個孩子，別嚇我……」

女孩動也不動，只有眼珠轉動，找到婦人的目光，幫著自己說明身分。

「哇……」符瑪定睛瞧了一眼，大吃一驚，隨即放開女孩，連忙想要藏身，一個重心不穩，她跌坐在地，時空分散，她猛然察覺到真實情境，所有懊悔一股腦兒潮湧全身。

「走了……妹妹走了……」符瑪失了魂，她喃喃自語，還把自己抱成一團，不知是為了遮掩認錯人的羞怯，還是不願面對真相，急欲逃竄。

符瑪裹著自己的傷痛，大哭一場。

女孩望著男孩，期許他上前說些安慰的話。

男孩沒有移動，只是任由母親發洩，自己的一雙眼睛再度泛紅。

94

「符浩每一天都在等妳回家喔……」

這些話細細柔柔的，傳入符瑪的耳朵，也聽進男孩的心坎。

「有一個人告訴我：大人在家等小孩，小孩會很幸福，小孩在家裡等大人，大人就會更勇敢。」

女孩此時已經蹲在符瑪前面，她伸出小手，輕輕撫著符瑪的拱背，像撫著心愛的玩偶一般，慢慢的，柔柔的，如同傾訴，亦在分享。

拱背之下的啜泣漸漸小聲，被藏住的臉龐也慢慢抬起，緩緩轉動的頭頸，朝向一雙陌生的眼睛。

「妳是……」先是疑惑。

「妳不是……」再來是確認。

「妳真的不是……」最後是失望。

符瑪再度抱緊自己，不過再也沒有嗚咽，這一回，她不顧形象，聳動肩膀和上臂，狠狠用衣袖把自己的花臉抹擦乾淨。

「不好意思……認錯人了……」符瑪立刻表達歉意，迅速堆出一張笑容。

女孩趕緊起身，後退幾步，讓眼前的婦人看清周遭，以及背景下的完整身形。

「沒關係……」女孩也笑意盈盈。

「那麼妳是……」

「我叫『山玉』，山裡埋玉，我……」女孩眼珠溜溜轉，隨即順口說道：「我來找符浩玩，聽說他搬了新家！」

男孩立刻接口證實：「對啊，她來找我玩！」

女孩和男孩相視而笑，心照不宣。

「歡迎！歡迎！」符瑪反而覺得尷尬，她環顧四周，皺著眉想：又不是什麼好地方，怎麼好意思找人來玩……

「媽！妳回來幹嘛？」男孩忽然清醒過來，驚覺時間和人物起了衝突。

「我在上班啊！」符瑪大聲說。

「上班！怎麼跑回來？」

幾句快言快語，像是兩個熟絡的朋友對談，根本沒有母子樣！女孩旁觀，被這一幕逗得笑開了嘴角，卻是找不到插話的縫隙，幫忙理出個究竟。

「啊！對了！『彩虹行動』正在進行！」

「什麼『彩虹』？妳工作的地方不是安養院嗎？」符浩追問。

「是啊，安養院的老人正在抗爭！」

「媽！妳別嚇人啦！老人院搞抗爭？」符浩目瞪舌僵。

女孩也無從想像，只能眼巴巴等著瞧瞧事情如何發展。

「糟糕！」符瑪敲拍自己的腦袋，猛然想起自己要務在身：「說好要幫紫奶奶的！」

95

紫奶奶終於等到「家人」。

鐵梯鐙、鐙、鐙乍響，送下來三個母子。

「媽！妳要讓人家早點走……」男孩臉紅地說，淚水已經消失無蹤，不過一雙眼睛紅得像天邊彩霞。

「我知道！我知道啦！」符瑪也不好意思地撥整亂髮，她對著女孩溫柔地說：「她媽媽在家裡等她，我知道！我知道啦！」

「嗯！」女孩點點頭，「請叫我『山玉』，改天我會再來玩。」

「這裡不能來啦……」符瑪又急喘起來。

男孩和女孩不明所以。

「我們要搬家……」符瑪還沒有理出頭緒來。

「我們才剛搬來……」符浩提高嗓音問道。

「哎呀！現在沒空解釋……」符瑪心裡掛念別的。

鐵梯鐙、鐙、鐙聲響暫時淹沒所有疑問。

三個人，蹬下樓梯，本來預期看見什麼駭人場面，結果什麼也沒有，反倒出奇地安靜，只看見一個身影。

正是紫奶奶，一個優雅的老太太，身邊立著一口小箱子，正在等待什麼人來接她回家。

96

女孩看見老太太，先是在距離之外禮貌性地點點頭，然後提著大包、小包，朝著她的目標，慢慢移動。

「這女孩跟我一樣，也提著行李喔……妳是翹家吧？」紫奶奶看看自己的模樣，竟然開起玩笑。

「不……是……」符浩不知道如何回答。

「人家是『山玉』，來找我們玩的她現在要回家啦……」符瑪幫忙說明。

「喔！」紫奶奶點點頭，忽然對著女孩吆喝：「妳趕快回去，改天來『我們家』玩……」

紫奶奶強調了「我們家」。

女孩再次禮貌性點頭，揮手告別。

男孩僅僅微笑，拘束情感。

但是望著女孩漸行漸遠，男孩終於面露不捨，卻也只能眼巴巴任由女孩的背影融入黑幕，終至消失。

「現在，我該做什麼……」符瑪東張西望，心虛自己沒有幫忙，但也納悶，怎麼沒有看見預期的混亂？

「全部解決了！」紫奶奶得意地簡略回答。

「哇！真的！」符瑪以手掌壓住胸口，驚喜事態在瞬間逆轉，而自己，看似置身事外卻又牽連其中。

「接下來，回『我們家』就對啦！」紫奶奶神閒氣定，像個指揮官。

97

我們家？

回家？

搬家？

一個說要搬家，一個說要回家，這裡不是「大家」的家嗎？一座安養院，妳住樓下，我住樓頂。

現在卻又提著行李？老人也會玩離家出走嗎？

一旁的符浩越想越覺得不對勁，幹嘛這個老奶奶才見面就要人登門拜訪？又不知道妳家在哪裡？

還有這個媽媽，不回去上班，會不會被老闆炒魷魚啦？

「紫奶奶，我跟您介紹，這是我的孩子，他叫『符浩』。」符瑪拉著孩子走到老人跟前。

「『符號』？」老奶奶皺起眉頭，不解地問：「怎麼取這種名字？」

「您想錯啦！是『浩氣』的『浩』，他特愛訓我哪，我跟他說喔，給我生來當兒子，就不要太計較啦……」符瑪自顧自地解釋，完全忽略一個少男薄面羞紅又翻白。

符浩無奈地又放心地看著母親，可見她已經恢復正常！

「媽！別說我啦……」符浩感覺自己被當成一個裸身的嬰兒，從頭到腳被看光光，而且還得擔心自己的外貌與名字不夠相稱。

「哎呀，開個玩笑嘛！」老奶奶倒像是搭夥唱雙簧的，跟著也用詼諧的口吻告訴男孩：「經得起調侃，才能過得輕鬆，你還得學著點！以後，咱們是一家人，我會訓練你，以後，你就呼我『奶奶』吧！」

「啊？」符浩啞口無言，這又是什麼「行動」？

「別緊張，等一下我再解釋給你聽。」符瑪上前收了場面。

「什麼事需要解釋？」符浩急著發問。

「紫奶奶，麻煩您再等一會兒，我們上去收拾、收拾。」符瑪只管對著老奶奶報告「行動」。

「慢慢來，不差這一會兒。」紫奶奶索性把小皮箱擱在地上，一個欠身便坐在皮箱上，意思是：我等。

符瑪趕緊拉起符浩，又匆匆登上鐵梯，她一邊走，一邊解釋，用著抱歉的口吻總結：「對不起，我們又得搬家了。」

99

這是第幾次搬家？

符瑪已經不想細數了。

「對不起，才剛整理好又要打包。」符瑪氣喘吁吁，這一日配給的精力，此刻還要擠出額外的份量。

「沒關係！」符浩已經恢復呼吸，正好鐵梯也走到了頂端，他鄭重宣告：「媽，妳在哪裡，家就在那裡。」

這些話，符瑪聽進心坎兒裡，但是，她沒有回應，低著頭，眼眶卻是逕自滾出淚水。

符瑪走進鐵皮屋，打包行李。

符浩則是轉向樹梢邊的帳篷，開始著手拆卸他的心「防」。

符瑪的心中五味雜陳，搬家，難道是未來逃不掉的命運？

忽然一個轉念，符瑪恍然大悟：家，搬進心裡就是了！對啊！心裡，永遠有一個「家」，那是不必遷徙的居所啊！

符瑪偷偷用袖子擦了一把鼻涕，眼前，瞬時放亮，只見符浩已經收拾妥當，手上拎著一袋，就是那組帳篷。

「需要我幫什麼忙？」符浩衝著母親，遞給她一張願意接受指派的臉。

符瑪看得出神，只覺得那是一張不脫稚氣卻暗藏心事的臉。

「嘿，你突然長得跟巨人一樣了！」符瑪放下手中雜物，稍微向後挪腳，想要把孩子全身打量。

「是嗎？」符浩挺起胸膛，果真感覺眼前的母親矮了幾公分。

「真的！你什麼時候『偷偷』長大啦！」

「哪有『偷偷』？是妳太忙沒注意……」符浩笑得自在，不似撒嬌也不是抗議。

符瑪趕忙堆起歉意的傻笑，代表萬語千言。

空氣凝結幾秒，母子倆又繼續收拾行李。

周遭的城市逕自呼吸，霓虹閃爍，互不相讓，似乎打算燦爛一整個夜晚。

片刻之後，鐵梯鐙、鐙、鐙又響，送下來一對母子，正在搬家。

不！

他們要和奶奶一起回家。

後記

根據內政部資料與報導，台灣六十五歲以上人口，到民國一〇六年時就會占總人口百分之十四；衛生署也表示，未來將致力推動連續處方箋、長照制度社區化與整合型照護。世界人口的老化現象亦然，英國《衛報》二〇一五年四月十八日報導：「日本政府預估，到了二〇六〇年，六十五歲以上的老齡人口將占人口總數的四分之一。」同日，美國《時代》雜誌引用該文提及美國及歐洲政府十分關注出生率下降可能帶來的社會問題。聯合國《世界人口展望報告》即指出，人口老齡化是永久的趨勢。因此，科學家致力抗老研究，聲稱即將研發出一種「長壽特效藥」（long-life super-drug），顯見人口老化已經逼近人類社會，家庭的型態也逐漸改變。

筆者於二〇一一年出版的《攔截送子鳥》，探討人口結構中的少子化議題，《第七本相簿》則探入老人照護與家庭型態議題，縱軸以少年符浩與少女山玉的相遇，帶出「家」的定義與功能；橫軸則藉符瑪進入「彩虹樂園」工作，揭露不老實驗以及老人安養問題的面貌。

家是什麼？

家，如何組成？

歸屬感從何而生？德國哲學家海德格的說法是：棲居於詩。詩，是文字所歸，那麼，家，何妨搬進心裡，心安則定。

用心構築溫暖。

心裡有家，不怕人間輾轉。

這一本小說，初稿完成於二〇一〇年，後來，筆者歷經博士班生態文學課程的啟迪，對於生命與環境有更多省思，因此將觀察與領悟放步書寫，參酌真實，讓感想與悸動並馳，湧注筆端。

蘇善　寫於二〇一五年四月二十日

參考資料：

1. 再6年台灣步入老化社會
http://tw.news.yahoo.com/再6年-台灣步入老化社會-032418509.html
2. 聯合國發佈修訂版《世界人口展望》報告
http://www.un.org/chinese/News/story.asp?newsID=15517
3. 找到人類長壽基因科學家即將發明不老藥
http://tw.news.yahoo.com/article/url/d/a/100203/5/1zyf3.html

少年文學17　PG1299

第七本相簿
——中學生生命教育小說

作者／蘇善
責任編輯／陳佳怡
圖文排版／周好靜
封面設計／王嵩賀
出版策劃／秀威少年
製作發行／秀威資訊科技股份有限公司
114 台北市內湖區瑞光路76巷65號1樓
電話：+886-2-2796-3638
傳真：+886-2-2796-1377
服務信箱：service@showwe.com.tw
http://www.showwe.com.tw

郵政劃撥／19563868
戶名：秀威資訊科技股份有限公司
展售門市／國家書店【松江門市】
104 台北市中山區松江路209號1樓
電話：+886-2-2518-0207
傳真：+886-2-2518-0778

網路訂購／秀威網路書店：http://www.bodbooks.com.tw
國家網路書店：http://www.govbooks.com.tw
法律顧問／毛國樑　律師

總經銷／聯寶國際文化事業有限公司
221新北市汐止區康寧街169巷27號8樓
電話：+886-2-2695-4083
傳真：+886-2-2695-4087

出版日期／2015年8月　BOD一版　**定價**／280元
ISBN／978-986-5731-31-1

秀威少年
SHOWWE YOUNG

國家圖書館出版品預行編目

第七本相簿：中學生生命教育小說 / 蘇善著. -- 一版. -- 臺北市：秀威少年, 2015.08
面； 公分. -- (少年文學；PG1299)
BOD版
ISBN 978-986-5731-31-1(平裝)

859.6 104010316

讀者回函卡

感謝您購買本書，為提升服務品質，請填妥以下資料，將讀者回函卡直接寄回或傳真本公司，收到您的寶貴意見後，我們會收藏記錄及檢討，謝謝！如您需要了解本公司最新出版書目、購書優惠或企劃活動，歡迎您上網查詢或下載相關資料：http:// www.showwe.com.tw

您購買的書名：＿＿＿＿＿＿＿＿＿＿＿＿＿＿＿＿＿＿＿＿

出生日期：＿＿＿＿年＿＿＿＿月＿＿＿＿日

學歷：□高中（含）以下　□大專　□研究所（含）以上

職業：□製造業　□金融業　□資訊業　□軍警　□傳播業　□自由業

□服務業　□公務員　□教職　□學生　□家管　□其它＿＿＿

購書地點：□網路書店　□實體書店　□書展　□郵購　□贈閱　□其他

您從何得知本書的消息？

□網路書店　□實體書店　□網路搜尋　□電子報　□書訊　□雜誌

□傳播媒體　□親友推薦　□網站推薦　□部落格　□其他＿＿＿＿＿

您對本書的評價：（請填代號　1.非常滿意　2.滿意　3.尚可　4.再改進）

封面設計＿＿　版面編排＿＿　內容＿＿　文／譯筆＿＿　價格＿＿

讀完書後您覺得：

□很有收穫　□有收穫　□收穫不多　□沒收穫

對我們的建議：＿＿＿＿＿＿＿＿＿＿＿＿＿＿＿＿＿＿＿＿

＿＿＿＿＿＿＿＿＿＿＿＿＿＿＿＿＿＿＿＿＿＿＿＿＿＿

＿＿＿＿＿＿＿＿＿＿＿＿＿＿＿＿＿＿＿＿＿＿＿＿＿＿

＿＿＿＿＿＿＿＿＿＿＿＿＿＿＿＿＿＿＿＿＿＿＿＿＿＿

請貼
郵票

11466
台北市內湖區瑞光路 76 巷 65 號 1 樓
秀威資訊科技股份有限公司 收
BOD 數位出版事業部

....

（請沿線對折寄回，謝謝！）

姓　　名：____________　年齡：________　性別：□女　□男

郵遞區號：□□□□□

地　　址：________________________________

聯絡電話：(日) ______________ (夜) ______________

E-mail：________________________________